Girl with a knife

W0414847

Nicolette Bohn, geb. in Düsseldorf, studierte Germanistik und promovierte zum Dr. phil im Bereich »Kinder- und Jugendliteratur«. Mit 17 Jahren schrieb sie ihren ersten Jugendroman mit dem Titel »Plötzlich war es kein Spiel mehr«, der 1998 mit dem »Jugendfriedenspreis für Nachwuchsautoren« ausgezeichnet wurde. Sie ist freiberuflich als Dozentin für kreatives Schreiben und Autorin tätig. In ihren Büchern, von denen eins für ZDFinfo verfilmt wurde, beschäftigt sie sich u.a. mit True-Crime-Fällen. Nicolette Bohn liebt lange Wanderungen in der Natur und setzt sich für deren Erhalt und den Schutz der Tiere ein.

Mehr über unsere Bücher, Autor:innen und Illustrator:innen auf:
www.thienemann.de

Bohn, Nicolette:
Girl with a knife
ISBN 978 3 522 20296 1

Einbandgestaltung: Suse Kopp unter Verwendung eines Fotos von Arcangel (AA11792682)
Innentypografie: Kadja Gericke
Reproduktion: DIGIZWO GbR, Stuttgart
Druck und Bindung: CPI Books GmbH

FSC www.fsc.org
MIX
Papier | Fördert gute Waldnutzung
FSC® C083411

© 2024 Thienemann
in der Thienemann-Esslinger Verlag GmbH, Stuttgart
Alle Rechte vorbehalten.
Wir behalten uns die Nutzung unserer Inhalte für Text und Data Mining im Sinne von § 44b UrhG ausdrücklich vor.

Nicolette Bohn

GIRL
with a
KNIFE

Thienemann

Unter Drogen findet man nicht sich selbst,
sondern nur seinen Schatten.

(Konstantin Wecker)

Prolog

Mehr kann in meinem Leben nicht mehr schiefgehen, dachte Celine. Warum hat nirgendwo ein Schild mit der Aufschrift STOPP gestanden? Wie hatte sie sich in Fiete und Sas nur so täuschen können? Vor allem in Fiete. Es war seine Schuld, dass sie seit einer Woche in dieser winzigen Zelle, in der Untersuchungshaft, saß. Er hatte Celine und Sas in die ganze Sache hineingezogen.

Wenigstens durfte sie ihre eigene Kleidung behalten. Jeans, Pulli und Turnschuhe. Früher hatte sie geglaubt, dass Gefangene ein Hemd mit blauen Streifen tragen, mit einer Nummer darauf. Wie die Panzerknacker in den Micky-Maus-Heften, nach denen sie als Achtjährige total verrückt war. Damals roch ihre Welt nach Himbeerlimonade, Vanilleeis und Pizza und sie konnte noch nicht ahnen, dass sie irgendwann selbst einmal im Gefängnis landen würde. In der Zelle roch es muffig, nach Schimmel. Aber vielleicht bildete sie sich das auch nur ein. Seit sie hier saß, hatte sie ständig das Gefühl, keine Luft mehr zu bekommen.

Ob sie ihren 17. Geburtstag im Mai in dieser Enge feiern musste? Sie spürte einen Kloß im Hals. In dieser trostlosen Umgebung konnte sie sich eine Geburtstagsfeier mit Kaffee, Kuchen und Geschenken beim besten Willen nicht vorstellen. Jeder Tag war ein einziger Albtraum. Gitter vor dem Fenster. Ein Bett, ein kleiner Schreibtisch. Dusche und Klo waren vom Haftraum abgetrennt. Sie konnte nur ein paar Schritte hin- und hergehen, vom Bett zur Tür und von der Tür zum Schreibtisch, wenn die Panik sie überkam.

Wenn doch wenigstens Mister Jack hier wäre, dachte sie. Wie sie sein weiches Fell vermisste. Aber Tiere waren in der Untersuchungshaft ebenso verboten wie Internet und Smartphone. Wie es wohl Mom, Carsten und den Großeltern ging? Zum Glück durfte sie Stift und Papier haben. Schreiben war erlaubt. Wenn sie nur aufhören könnte, an den toten Mann zu denken. Aber die Bilder ließen sich nicht vertreiben. Als hätten sie sich in ihr Gedächtnis eingebrannt. Wie riesige Vögel bohrten sie ihre Schnäbel in ihren Kopf und kreischten: Was hast du getan?

Fiete, dieser aufgeblasene Angeber und Sas, die feige abgehauen war und sie im Stich gelassen hatte. Wie hatte Celine sich nur in so einen Typen verlieben können?

Der Mann war tot und nichts konnte ihn mehr lebendig machen. Und Celine war schuld daran. Da war es nur gerecht, dass sie in diesem Loch saß und ständig weinen musste. Die Liebe hatte sich so schön angefühlt. Aber mittlerweile konnte sie Fiete nur noch hassen. Jede Nacht kam es ihr so vor, als stünde ein blutiger Mond, der alle Sterne verschluckt hatte, am Himmel. Wahrscheinlich würde sie hier ihr Leben lang nicht mehr herauskommen.

Die Schlüssel klapperten, als ihre Zellentür geöffnet wurde. »Besuch für dich.« Im Gefängnis wurden den ganzen Tag Türen geöffnet und wieder geschlossen. Längst hatte Celine sich an das kalte, klirrende Geräusch gewöhnt. Wer kann das sein, überlegte sie. In einiger Entfernung spielten zwei Untersuchungshäftlinge Tischtennis. Das klickernde Geräusch, das entstand, wenn der Schläger den Tischtennisball traf, hallte durch die Gänge. Sie gingen an Zellentüren vorbei, von denen einige offen standen, ins Erdgeschoss.

Im Besucherraum saß auf einem Stuhl vor dem abgenutzten Holztisch ein Mann, der sie an ihren Mathelehrer, Herrn Frings, erinnerte. Kurzes graues Haar, silberne Brille, Anzug und Krawatte. Als sie eintrat, stand er auf und reichte ihr über den Tisch, auf dem eine schwarze Akte lag, hinweg, die Hand. Sie setzte sich auf den wackeligen Stuhl ihm gegenüber. Der Stuhl ist genauso wackelig und alt wie der Tisch, dachte sie.

»Deine Großeltern haben mich mit deiner Verteidigung beauftragt. Mein Name ist Frank Brückner. Ich bin Strafverteidiger und helfe Jugendlichen und Erwachsenen, die mit dem Gesetz in Konflikt gekommen sind. Ich darf doch Du sagen?«

Celine nickte. Vor Aufregung brachte sie kein Wort heraus. Bei dem Gedanken an die Großeltern und was sie ihretwegen durchmachen mussten, spürte sie einen heftigen Stich in der Magengegend.

Herr Brückner öffnete die Akte. »Ich habe deine Anklageschrift von der Staatsanwaltschaft bekommen. Dir wird vorgeworfen, einen Mann getötet zu haben. In der Zeitung wirst du ›Das Mädchen mit dem Messer‹ genannt.«

Lähmende Angst stieg in Celine hoch. Langsam wurde ihr Mund immer trockener. Der Mann, das Messer … Schreie …

»Ich möchte dich bitten, mit niemandem über die Tat zu sprechen. Mir kannst du alles darüber erzählen. Als dein Strafverteidiger darf ich dich regelmäßig anrufen und besuchen. Mir darfst du auch alles über die Tat schreiben. Wenn du ›Verteidigerpost‹ auf deine Briefe schreibst, dürfen sie nur von mir gelesen werden. Ansonsten dürfen auch der Richter und der Staatsanwalt die Briefe lesen. Und noch eins – ich stehe unter Schweigepflicht. Du brauchst mich nicht anzulügen. Mir kannst du die Wahrheit sagen.«

Ihr Mund fühlte sich mittlerweile so trocken an, als habe sie Löschpapier verschluckt. Es ist nur ein böser Traum, aus dem ich jeden Moment aufwache, dachte sie.

Aber es war kein Traum, sondern die bittere Wirklichkeit.

1.

Wenn Celine zurückdachte, fiel ihr als Erstes die Abschlussfeier in der großen Aula der Realschule ein. Sie hatte die Qualifikation fürs Gymnasium erreicht. Die Quali ließ die Gesichter ihrer Mom und ihrer Großeltern strahlen. Deren Wunsch war es schon immer gewesen, dass Celine Abitur macht.

»… einfach fantastisch«, rief Mom begeistert. »Ach, ich bin so stolz auf meine Tochter. Ich hatte in meiner Jugend diese Möglichkeit nicht!«

Celine bemühte sich angestrengt, ein fröhliches Gesicht zu machen. Nein, sie wollte auf keinen Fall die Spielverderberin sein. Nicht an so einem Tag. An dem alle vor Freude fast übersprudelten wie der Sekt, der in regelmäßigen Abständen in die Gläser der Feiernden gegossen wurde. Aber die Gedanken in ihrem Kopf hörten nicht auf, sich zu drehen. *was wenn ich das nicht schaffe es ist irre schwer das abitur zu machen den ganzen tag lernen lernen lernen ich will mom nicht enttäuschen sie wünscht es sich so sehr ob dad es auch gewollt hätte ohne tanni macht es sowieso keinen spaß*

Wenn Mom und die Großeltern gewusst hätten, wie es in ihr aussah … Am liebsten wäre sie laut schluchzend hinausgelaufen. Weg von all den glücklichen Gesichtern. Denn es gab nach den Sommerferien kein Wiedersehen mit ihrer besten Freundin mehr. Tanni. Celines Besti machte dann eine Lehre als Multimedia-Designerin. In einer Stadt, die zwei Autostunden entfernt lag.

»Hi, Celi.« Tannis Mutter legte ihr den rechten Arm um die Schulter. In der linken Hand hielt sie ein halbvolles Glas Sekt. »So ein Lebensabschnitt muss gefeiert werden. Mensch, ich bin so stolz auf Tanni. Multimedia-Designerin … meine Tochter … wow!«

»Das ist so eine großartige Chance mit der Lehrstelle«, hörte Celine Mom sagen. »Toll, dass Tanni ihren Weg gehen kann.«

»Ja, es ist nicht so einfach, in diesem Bereich eine Lehrstelle zu finden. Anja, du kannst dir gar nicht vorstellen, wie Michael und ich uns gefreut haben, als die Zusage kam.«

»Ich finde es auch klasse, dass Celine das Abitur machen will. Jetzt, wo sie die Quali in der Tasche hat. Theodor-Heuss-Gymnasium. Meine Schwiegereltern haben es ausgesucht. Es hat einen guten Ruf und liegt nicht weit von ihrem Haus entfernt. Celine kann unter der Woche bei Opa und Oma wohnen.«

»Wie schön«, rief Tannis Mutter Celine übermütig zu. »Da wünsche ich dir alles Glück der Welt, Celi.«

Abitur ... Theodor-Heuss-Gymnasium ... Bei Opa und Oma wohnen ...

Die Gewissheit, dass sich die Dinge von jetzt an schlagartig ändern würden, legte sich schwer wie Blei auf Celines Herz. Sie hatte mit einem Mal das Gefühl, keine Luft mehr zu bekommen.

Oh nein, bitte nicht. Nicht schon wieder. So schnell sie konnte, lief sie aus der Aula und stellte sich im Flur in eine ruhige Ecke. Sie wollte nicht, dass Mom und die Großeltern etwas davon mitbekamen und sich Sorgen um sie machten.

Zum ersten Mal hatte sie diese Panikattacken bekommen, als die Ärzte Dad nicht mehr helfen konnten. Magenkrebs im Endstadium. Mom hatte ständig rot geweinte Augen und mehrmals am Tag kamen Pflegerinnen und Pfleger in die Wohnung, um Dad zu versorgen, der im Wohnzimmer auf der Couch lag. Er sollte zu Hause und nicht in der Klinik sterben. Celine und Mom erlebten hilflos mit, wie er jeden Tag ein bisschen weniger wurde und schließlich ganz verschwand.

Als Celine wegen der Panikattacken nicht mehr zur Schule gehen konnte, ging Mom mit ihr zu einer Kinder- und Jugendpsychologin. Frau Dr. Voss zeigte Celine Übungen, die gegen die Luftnot helfen sollten. Sie diagnostizierte ein Trauma und riet Mom, für Celine ein Haustier anzuschaffen. Daraufhin kaufte Mom ihr ein schwarz-weißes Kaninchen, das sie sich schon ewig gewünscht, aber wegen der Tierhaarallergie von Dad nicht bekommen hatte. Celine nannte es »Mister Jack« und stellte den Käfig in ihr Zimmer.

Nachdem Dad gestorben war, strichen Celine und Mom

das Wohnzimmer gelb an und kauften neue Möbel und Teppiche. Sie ließen ein Foto, auf dem Dad, Mom und die kleine Celine zu sehen waren, vergrößern und hängten es übers Sofa an die Wand. Irgendwann waren die Therapiestunden bei Frau Dr. Voss zu Ende.

Celine zählte langsam rückwärts von 10 bis 1 und atmete dabei in den Bauch hinein. So, wie Frau Dr. Voss es ihr gezeigt hatte. Die Panik ließ nach und sie konnte wieder durchatmen. Schnell ging sie in die Aula zurück und stellte sich neben Mom, die Großeltern und Tannis Mutter.

»Hi! Was geht ab?« Tanni kam zu ihnen. Ihr Gesicht war vor Aufregung gerötet. Sie hielt ein Glas Sekt in der Hand.

Celine beneidete Tanni. Sie hatte allen Grund, ausgelassen zu sein. Schließlich wartete ihre Traum-Lehrstelle auf sie. Als Multimedia-Designerin erstellte sie Videos, bearbeitete Bilder, entwarf neue Header für Webseiten und … und … und … Alles Aufgaben, die unheimlich viel Spaß machten. Kein Wunder, dass sie vor Freude ganz aus dem Häuschen war. Sicher, Celine wusste seit ewigen Zeiten, dass Mom und ihre Großeltern sich ein Studium für sie wünschten. Dafür brauchte sie blöderweise das Abitur. Aber bisher hatte sie nie so genau darüber nachgedacht, was das eigentlich bedeutete.

Lernen, lernen, lernen, dachte Celine. Sonst schaffe ich das nie.

Früher hatte Celine oft bei Opa und Oma übernachtet. Die Großeltern hatten jeden Spaß mitgemacht und Celine durfte sich beim Frühstück so viel Schokoladencreme auf ihr Brot schmieren, wie sie wollte.

Sie liebte ihre Großeltern sehr. Trotzdem konnte sie sich nicht vorstellen, von nun an fünf Tage in der Woche bei ihnen zu wohnen.

*

»Wie war denn die Beziehung zwischen dir und deinem verstorbenen Vater?«, wollte Herr Brückner wissen.

»Mein Dad war einfach klasse! Mit ihm konnte ich über alles sprechen. Er war für mich wie ein Freund und gar nicht wie ein Vater. Er ist zwar zehn Jahre älter als meine Mom, aber es kam mir immer so vor, als ob er der Jüngere von beiden wäre. Mom kann sehr streng werden, deshalb habe ich ihr manche Dinge gar nicht erst erzählt. Mein Dad hat viel gelacht. Das Schlimmste war, dass Mom und ich meinem Dad nicht helfen konnten. Niemand konnte ihm helfen. Nachdem er gestorben ist, bekam ich fast jeden Tag Panikattacken. Frau Dr. Voss sagte zu Mom, dass ich durch Dads Tod ein Trauma erlitten habe.«

*

»Was ist denn los mit dir? Was hast du?«, fragte Tanni besorgt und zog Celine in eine ruhige Ecke der Aula.

Celine konnte Tanni nichts vormachen. Allen anderen hatte sie die fröhliche und gut gelaunte Schulabgängerin vorspielen können. Aber Tanni kannte sie in- und auswendig. Celine spürte, dass ihr die Tränen in die Augen stiegen. Es machte sie hilflos und wütend zugleich, dass sie sich von Tanni trennen musste.

»Ist es wegen uns? Wegen unserer Freundschaft?«, fragte Tanni. »He, wir sind Bestis. BFF und das bleiben wir auch!« Sie legte den Arm um Celine. »Komm mal in meiner WG vorbei. Dann siehst du, wo ich gelandet bin, und lernst meine Mitbewohner kennen. Lauter coole Leute.«

Celine hatte sich schon oft gefragt, warum sie und Tanni eigentlich befreundet waren. Sie waren so verschieden, wie man nur sein konnte. Celine war die meiste Zeit in sich gekehrt, während Tanni vor Mitteilungsbedürfnis übersprudelte. Das war schon immer so gewesen. Sie kannten sich seit der Grundschule und waren schon beste Freundinnen gewesen, als sie gemeinsam auf die Realschule kamen. Celine wusste, dass die meisten in der Klasse sie nur deshalb akzeptiert hatten, weil die allseits beliebte Tanni ihre beste Freundin war. Sie brauchte Tanni. Aber brauchte Tanni sie auch?

Celine schluckte die aufsteigenden Tränen hinunter, als sie sah, dass Mom und die Großeltern näher kamen. »Ach, hier sind unsere Hauptpersonen also! Wir haben euch schon überall gesucht.«

Die Sommerferien vergingen wie im Flug. Celine und Mom verbrachten drei Wochen in einem Ferienhaus auf Sylt. An einem Abend saßen sie mit Tante Maike und Onkel Olaf, die für ein Wochenende auf die Insel gekommen waren und in einem der Hotels wohnten, auf der Terrasse. Sie sprachen über Celines Cousin Thomas, der mittlerweile im vierten Semester Medizin studierte.

»Der Numerus clausus ist enorm wichtig geworden. Wenn das Abi schlechter ist als Sehr Gut, kann man Medizin schon mal vergessen«, sagte Onkel Olaf und Tante Maike fügte hinzu: »Bei Thomas hat es Gott sei Dank sofort geklappt.«

»Hast du gehört, Celi?« Mom sah Celine über den mit Brot, Obst, gegrilltem Fleisch und Käse gedeckten Tisch an. »Abi ist nicht gleich Abi.«

»Ich geh zum Strand runter«, sagte Celine. »Handyfoto vom Sonnenuntergang machen und Tanni eine WhatsApp schicken.«

»Ich wusste gar nicht, dass meine Nichte so eine romantische Ader hat«, scherzte Onkel Olaf.

»Hat sie das?« Mom lachte.

Abi ist nicht gleich Abi, dachte Celine. Wenn es schlechter ist als 1, kann aus mir nichts Richtiges werden. Sie setzte sich an den Strand, atmete die würzige Luft tief ein und ließ den von der Sonne noch warmen Sand durch die Finger rieseln. In diesem Moment wünschte sie sich, dass die Sommerferien niemals enden würden.

In den letzten Ferienwochen besuchte Celine Tanni zweimal in der WG. Das Zimmer war groß und hell, mit hohen Wänden, Stuckdecke, Bildern und Fotos an den Wänden, einer Sitzecke, vielen Pflanzen und einem Computer. Ein richtiges Tanni-Reich. Die Wohnung bestand aus vier Zimmern und einer geräumigen Wohnküche, die Tanni sich mit einem Literaturstudenten und zwei jungen Frauen teilte, die ebenfalls eine Ausbildung machten. Am liebsten wäre Celine miteingezogen. *kann man das nicht rückgängig machen kein abi eine ausbildung wie tanni am besten in die wg von tanni einziehen zusammen bleiben sich nicht trennen müssen alles wie immer und nicht bei oma und opa wohnen*

Mom half ihr, den Käfig, in dem Mister Jack im Heu kauerte, und ihre wichtigsten Sachen in die Einliegerwohnung zu bringen, die Opa und Oma für sie frei geräumt hatten.

Dann waren die Sommerferien zu Ende.

2. Celine war froh, dass ihre Großeltern Frühaufsteher waren. So konnte sie noch mit ihnen frühstücken, über alles Mögliche quatschen und sich wunderbar von der Aufregung vor dem ersten Schultag auf dem Gymnasium ablenken lassen. Danach ging es mit dem Rad los, Richtung Schule.

Das Theodor-Heuss-Gymnasium war ein altes, vierstöckiges Gebäude mit einer großen Eingangshalle. Ganz anders als die Realschule, die aussah wie ein riesiger Schuhkarton, in den man Fenster geschnitten und anschließend orange angestrichen hatte. Celine hatte die Entfernung überschätzt und war viel zu früh da. Sie fuhr ein paarmal um das Gebäude herum. Dann setzte sie sich auf eine Bank und beobachtete, wie die Schüler und Schülerinnen in Scharen in das Schulgebäude strömten. Schließlich stand sie auf.

*

»Haben deine Mutter und deine Großeltern gewusst, dass du lieber eine Ausbildung machen wolltest?«, fragte Herr Brückner.

Celine schüttelte den Kopf.

»Warum hast du ihnen das nicht gesagt?«

»Mom hat sich so sehr das Abi für mich gewünscht und Opa und Oma ebenfalls. Sie haben oft gesagt, dass Dad das bestimmt auch gewollt hätte.«

»Und du hast meist das gemacht, was deine Mutter und die Großeltern wollten, stimmt's?«

Celine nickte.

*

In den Gängen fühlte sie sich wie ein Fremdkörper, dem jeder sofort ansah, dass er nicht hierhin gehörte. Im zweiten Stock, vor dem Schwarzen Brett, standen Jugendliche, die aussahen, als wären sie auch in der Oberstufe.

»Bist du neu hier?« Ein Mädchen mit kinnlangen, hellrosa gefärbten Haaren, musterte Celine interessiert.

Celine nickte. »Ich war auf der Realschule am Ackersfeld und will hier das Abi machen.«

»Willkommen auf unserer Schule. Ich bin Saskia, aber alle nennen mich Sas.«

»Ich bin Celine.«

Celine war mit ihren 1,70 Metern einen halben Kopf größer als Sas, die ein lila T-Shirt und eine durchlöcherte Jeans trug. Erleichtert stellte Celine fest, dass die meisten Gymnasiasten sich nicht anders kleideten als die Realschüler.

»Wir haben gleich Deutsch bei Frau Bremer«, sprudelte es aus Sas heraus. »Die Frau ist supi! Voll auf unserer Welle.« Sie warf einen hastigen Blick auf ihre Armbanduhr. »Wo Fiete bloß wieder bleibt. Ohne den ist es so was von langweilig … er war mal eine Woche krank … das war total öde …«

Celine musste an Tanni denken, die ebenso lebhaft erzählen konnte wie Sas.

Tanni. Was die jetzt wohl machte? Die WhatsApps, die Tanni Celine geschickt hatte, hörten sich nicht so an, als ob sie Celine vermissen würde. Sie waren gefüllt mit Herzchen, Smileys, Ausrufezeichen und hochgestreckten Daumen. Alle mega-nett hier, hatte Tanni geschrieben. Mein Traum-Ausbildungsplatz!

Beneidenswert. Celine war froh, in der neuen Schule nicht mehr allein zu sein. Sie hätte Sas am liebsten umarmt. Und Fiete, den Freund von Sas, würde sie auch bald kennenlernen.

Sas hatte nicht zu viel versprochen. Mit der offenen und engagierten Frau Bremer, die von den meisten Schülern Bremchen genannt wurde, hatte Celine das große Los gezogen. Schließlich wollte sie nach der Erprobungsstufe Deutsch als Leistungskurs wählen. Sie hatte schon in der Grundschule gerne Aufsätze geschrieben und liebte Bücher und Geschichten über alles. Frau Bremer hatte die AG *Kreatives Schreiben* gegründet und wollte von Celine wissen, ob sie auch selbst schrieb.

»Ich schreibe Gedichte und kürzere Geschichten«, antwortete Celine. Allerdings hatten bisher nur Mom und

Tanni ihre Texte lesen dürfen. Das sollte sich von nun an ändern.

»Überlege dir mal, ob du bei unserer AG mitmachen möchtest. Wir geben einmal im Jahr ein Büchlein heraus, das wir selbst drucken lassen. Vielleicht sind deine Texte schon dieses Jahr dabei.«

»Super Highlight-Geschenk für die ganze Familie zu Weihnachten«, rief jemand laut in die Klasse.

Alle lachten.

Fremd sein, sich anders fühlen.
Tief in dir ist noch jemand,
der leben will.
Da öffnet sich ein Fenster.
Die Hoffnung ist ein Licht,
im Haus gegenüber.

Gedicht von Celine Bohrmann

In der großen Pause lernte Celine die Gruppe kennen, zu der Sas gehörte. Ben, Rudi, Bea, John, Atze und Mike. Sie standen unter dem alten Kastanienbaum, hörten mit Kopfhörern Musik und spielten sich gegenseitig Videos auf ihren Smartphones vor. Celine stellte sich wie selbstverständlich neben Sas.

»Fuck! Ich kann am Samstag nicht«, sagte John. »Termin mit der Family. Mein Cousin heiratet.«

»Ohne Treffen kein richtiges Wochenende«, sagte Bea. Sie blickte Celine an. »Wo hängst du denn am Wochenende immer ab?«

Celine hätte sich am liebsten vor der Antwort gedrückt. Es fiel ihr schwer, vor einer Gruppe zu sprechen. Aber hier gab es keine Tanni, hinter der sie sich verstecken konnte und die für sie das Wort ergriff. »Ich wohne bei meinen Großeltern. Am Wochenende bin ich immer bei meiner Mom«, sagte sie schließlich.

»Mega-Event«, meinte Bea daraufhin und gähnte.

»Hey Mama ... hey Ma...ma ... Ma...ma ...« Mike hatte sich die Kopfhörer aufgesetzt und begann mit den Füßen zu wippen.

Atze baute sich vor Mike auf und zog ihm die Kopfhörer von den Ohren. »Fang an zu jobben, Digger. Damit Tomorrowland für dich kein Dreamland bleibt. Dein Taschengeld reicht nicht für den Trip.«

»Hey, Alter, was soll das?« Mike nahm ihm die Kopfhörer ab und setzte sie sich wieder auf. Er grinste breit und fuhr fort: »Hey Oma ... O...ma ..., hey O...pa ..., hey ... Ma...ma ... Oooopa ... Ooooma ...«

Celine blickte Mike irritiert an. Sie verstand von all dem kein Wort.

Weder kannte sie die Songs, die die anderen hörten, noch

wusste sie, was das für Treffen waren, auf die sie sich die ganze Woche wie verrückt freuten.

Sas legte ihr den Arm um die Schulter. »Hey Mama von David Guetta.«

Der Name sagte Celine überhaupt nichts.

»Kennst du den etwa nicht? Bester DJ forever.«

Wahrscheinlich konnte ihr jeder ansehen, dass sie keine Ahnung hatte.

»Gibt echt bessere DJs als Guetta«, sagte Atze.

Mike tippte sich an die Stirn.

»Techno, House. Da fahren wir alle hier voll drauf ab«, sagte Sas. »Was hörst du denn so?«

»Alles Mögliche«, wich Celine aus. »Spotify-Charts ... K-Pop ...«

»Nicht dein Ernst«, meinte Ben mit schmerzverzerrtem Gesicht.

Mike nahm die Kopfhörer ab und setzte sie Celine auf die Ohren.

Wahnsinn, dachte sie und fühlte sich gleichzeitig von den dröhnenden, lauten Bässen und elektronischen Klängen abgestoßen. Mit Tanni hatte Celine immer K-Pop gehört. Tanni war ein großer Fan der Boygroup BTS. Oft hatten sie vor dem Spiegel in Celines Zimmer getanzt und gesungen. Tanni hatte eine Wahnsinns-Stimme. »Geh mal zum Casting. Dann wirst du berühmt«, hatte Mom ihr geraten.

»Wenn das keine geile Musik ist«, sagte Mike und nahm Celine den Kopfhörer wieder ab.

Die Mathestunde bei Herrn Frings hatte bereits begonnen, als die Tür aufging und Fiete hereinkam. »Sorry, mein Job war mal wieder wichtiger«, rief er und grinste vielsagend in die Runde. Alle lachten. Celine starrte Fiete fasziniert an. Er hatte dunkelblondes Haar, war ungefähr 1,85 Meter groß und schlank und trug stylische Klamotten, die bestimmt ein Vermögen gekostet hatten. Der lange Pony fiel ihm an der rechten Seite über die Augen, während die linke Seite kurzgeschnitten war. Es wirkte wahnsinnig cool, wenn er den Kopf drehte, um die Haare nach hinten zu werfen. Ob Fiete jobbte, um sich die teuren Klamotten zu kaufen? Celine spürte, dass Fiete sie musterte, bevor er sich auf den Platz setzte, den Sas neben sich für ihn frei gehalten hatte. Dort hätte Celine am liebsten gesessen.

Der ist ja leider schon vergeben, dachte Celine. Sas ist zu beneiden, weil sie so einen coolen Freund hat.

Nun saß sie eine Reihe weiter, hinter Sas und Fiete und neben Bea mit dem Nasenring und der roten Haarsträhne im Pony.

»Das ist ja schön, dass du auch noch kommst, Fiete!«, bemerkte Herr Frings. »Dann kannst du uns erzählen, welche Bedeutung der Sattelpunkt in der Kurvendiskussion hat.«

»Bin ich hier im Reitstall?« Fiete machte eine wegwerfende Handbewegung. »Schule ist nicht das Leben, das Leben ist die Schule.«

»Na, das sehe ich allerdings etwas anders«, erwiderte Herr Frings gereizt.

Fiete verschränkte die Arme über der Brust. Alle Aufmerksamkeit richtete sich auf ihn. »Soll ich wieder gehen, Herr Frings?«, fragte Fiete. Er stand auf und begann seine Jacke anzuziehen.

»Es gibt so etwas wie eine Schulpflicht«, sagte Herr Frings, der zunehmend gereizter wurde. »Falls du schon einmal etwas davon gehört hast, Fiete.«

»Nö. Hör ich zum ersten Mal«, sagte Fiete und grinste.

Alle lachten.

»Du setzt dich sofort wieder hin. Wir haben schon genug Zeit wegen dir verloren«, sagte Herr Frings.

»Na gut! Wenn Sie mich so nett darum bitten«, sagte Fiete. Er zog seine Jacke aus und hängte sie über die Stuhllehne. Daraufhin setzte er sich auf seinen Platz.

»Dann können wir ja jetzt mit dem Unterricht beginnen«, sagte Herr Frings.

Wow, dachte Celine, langweilig ist es mit dem wirklich nicht. Fiete traut sich was!

*

»In der Anklageschrift werden Fiete Janssen und Saskia Hoffmann der Mittäterschaft beschuldigt.«

Celine nickte. Allein wäre sie im Leben nicht auf so eine Idee gekommen. Es war Fiete gewesen, der sie und Sas in die Sache hineingezogen hatte. »Fiete wollte, dass Sas und ich dabei sind. Das Ganze ist Fietes Idee gewesen.«

»Warst du in Fiete verliebt?«

Celine blickte angestrengt auf ihre Hände. Sie wollte mit Herrn Brückner nicht über die Gefühle, die sie für Fiete empfunden hatte, sprechen. Sie wollte nicht in diesem muffigen und engen Besucherraum, auf dem ungemütlichen Holzstuhl sitzen. Am liebsten wäre sie aufgesprungen und davongelaufen. »Ich dachte erst, dass er mit Sas zusammen ist und hab ihn mir aus dem Kopf geschlagen«, sagte sie schließlich. »Aber ich fand ihn von Anfang an cool und hätte ihn gerne als Freund gehabt.«

Herr Brückner nickte aufmunternd. »Erzähl weiter«, forderte er Celine auf.

»Fiete machten Dinge, vor denen ich panische Angst hatte, überhaupt nichts aus. Vor der ganzen Klasse zu sprechen zum Beispiel und die Lehrer mit dummen Sprüchen zu ärgern. Er nahm kein Blatt vor den Mund. Er war 17, ein Jahr älter als die meisten in der Stufe, und es wirkte auf mich, als sei er nicht nur den Schülern, sondern auch den Lehrern überlegen. Fiete schien vor nichts und niemandem Angst zu haben.«

*

Je nachdem, ob Celine noch eine AG hatte, dauerte der Unterricht nicht selten bis 15 Uhr am Nachmittag. Danach aß sie bei den Großeltern zu Mittag und ging dann hinüber in die Einliegerwohnung. Ihr Schreibtisch, auf dem sich mittlerweile die Bücher stapelten, stand vor einer großen Fensterfront, durch die sie in den wunderschönen Garten mit den blühenden Blumen und den hohen Tannen blicken konnte. Hier hatte sie gespielt, als sie noch in den Kindergarten ging. Hinter jeder Tanne hatte sie Elfen, Zwerge und Feen entdeckt. Damals war es ein Zaubergarten voller Magie, in dem sie jede Menge Abenteuer erleben konnte. Sie war die Prinzessin aus dem Feenland und musste die Wichtel und Zwerge vor bösen Mächten beschützen. Wo waren ihre Fantasie und Leichtigkeit geblieben? Celine seufzte und wandte sich wieder ihrem Lehrbuch zu. Sie schrieben nächste Woche in Gesellschaftswissenschaften eine Klausur zum Thema ›Bedingungsloses Grundeinkommen‹. Sollte jeder Bürger ohne Gegenleistung Geld für seinen Lebensunterhalt vom Staat erhalten? Wie würde eine Gesellschaft, in der es ein Grundeinkommen gab, aussehen? Wahrscheinlich würde dann keiner mehr freiwillig zur Schule oder zur Arbeit gehen, dachte Celine. Die, denen das Grundeinkommen nicht reichen würde, konnten sich ja eine Arbeit suchen. Und die anderen blieben zu Hause und hatten jede Menge Freizeit und Spaß. Sie stellte sich vor wie das wäre, ständig Urlaub zu haben und fahren zu können, wohin sie wollte. Die Eltern würden viel mehr Zeit mit ihren Kindern verbringen können und mit ihnen in den Vergnügungspark oder Zoo gehen. Aber wenn niemand mehr arbeiten musste, würde es auch kein Personal in Freizeitparks und Zoos mehr geben. Dann könnte sich dort niemand mehr vergnügen.

»Es geht im Gymnasium vor allem darum, dass man sich

eine eigene Meinung zu einem Thema bilden kann und diese dann vertritt«, hatte ihr der Großvater erklärt, als sie zusammen im Wohnzimmer saßen. »Dafür muss man sich mit Standpunkten aus unterschiedlichen Quellen in einem Fachbereich auseinandersetzen und diese miteinander vergleichen. Auf diesem Wege entsteht etwas Neues, du schaffst damit deine eigene Sicht.«

Dass ihr dies nicht ganz gelungen war, merkte Celine, als sie die Klausur mit einer 2- zurückbekam. Frau Rütters fand, dass die Argumentation für und gegen das Grundeinkommen schon auf einem guten Weg, aber noch nicht ganz ausgereift sei. Fiete hatte eine 3 geschrieben, Saskia eine 2.

Celine wusste nicht, ob sie Mom und den Großeltern die Arbeit zeigen sollte. Sie hatte plötzlich Angst, dass diese über die Note enttäuscht sein könnten. In der Realschule hatte sie in allen Fächern, außer Mathe, immer nur Einsen und Zweien geschrieben. Hier schienen alle anderen besser zu sein als sie. Nur Tanni erfuhr sofort per WhatsApp davon und schrieb zurück: *Spitze! Mensch, Besti, du bist auf einem Gymnasium und bekommst eine 2-. Bin stolz auf dich!* Darunter setzte sie fünf erhobene Daumen. *tanni klar die will mich trösten war ja früher auch schon immer so aber wenn sie glaubt ich hab nicht gemerkt dass ich nicht gut genug fürs gymnasium bin hat sie sich getäuscht ich muss lernen lernen lernen*

Celine ließ das Heft in ihren Rucksack gleiten und entschied sich dafür, den Großeltern und Mom erst einmal nichts davon zu erzählen.

Meist hörte Celine erst auf zu lernen, wenn sich die Dämmerung über den Garten legte und am Himmel schon die ersten Sterne zu sehen waren. Die Einliegerwohnung führte nach hinten raus, in einen Teil des Gartens, der von außen schwer einsehbar war. So merkten die Großeltern nicht, dass oft spätabends noch Licht brannte. Einmal schlief Celine an ihrem Schreibtisch ein und wachte erst um 6 Uhr morgens wieder auf, weil Mister Jack wie wild in seinem Käfig herumsprang.

Am Wochenende fuhr Celine regelmäßig zu Mom und es war Erholung angesagt. Aber auch zu Mom fuhr sie nicht ohne ihre Bücher im Gepäck.

*

»Hattest du genug Freizeit und die Möglichkeit, einfach nur das zu tun, was du willst?«, fragte Herr Brückner.

Celine dachte einen Moment lang angestrengt nach. »Irgendwie hatte ich das Gefühl, ständig lernen zu müssen. Ich konnte an gar nichts anderes mehr denken. Und wenn ich dann mal gemacht habe, was ich wollte, hatte ich gleich ein furchtbar schlechtes Gewissen.«

*

Celine war kaum zur Tür hereingekommen, da platzte Mom auch schon mit den Neuigkeiten heraus: »Ich möchte dir Carsten vorstellen. Wir haben uns vor vier Wochen auf einer Kunstausstellung kennengelernt.« Moms Augen leuchteten.

Celine starrte sie ungläubig an. »Echt jetzt?«

»Ich weiß, dass du dich erst daran gewöhnen musst, Celi. Aber ich wollte es dir nicht länger verschweigen.« Sie schob Celine ins Wohnzimmer, wo Carsten am gedeckten Kaffeetisch saß.

»Carsten, das ist Celine, Celi, das ist Carsten«, erklärte Mom mit Singsang-Stimme. Sie schien bester Laune zu sein, während Celine vor Erstaunen kein Wort herausbekam. Mom hatte einen Freund? Konnte das wahr sein? Und sie waren schon seit vier Wochen zusammen?

»Carsten war an der Kunstakademie. Er malt und zeichnet wunderbar und kennt sich mit den verschiedenen Kunstrichtungen aus.«

»Hallo, Celine«, begrüßte Carsten sie mit Handschlag. »Anja hat mir schon so viel von dir erzählt.«

Carsten hatte schulterlange, graue Haare, die zu einem Pferdeschwanz gebunden waren. Das weiße Baumwollhemd, zu dem er eine schwarze Weste und eine Tuchhose trug, hing schlabbrig an ihm herunter. Von dem Wort Mode hatte er wahrscheinlich noch nie etwas gehört. Soll das ein Witz sein? Echt peinlich, wie der Typ rumläuft!

Carsten sah völlig anders aus als Dad, der einen Kurzhaarschnitt hatte und meist mit Anzug und Krawatte bekleidet war. Wie hatte sich Mom bloß in diesen Typen verlieben können?

Aus dem Vernehmungsprotokoll von Anja Bohrmann:

Ich war mir nicht sicher, wie meine Tochter darauf reagieren würde, dass es jetzt Carsten Simons in meinem Leben gab. Deshalb bin ich mit der Tür ins Haus gefallen und habe ihn an dem Wochenende, als Celine bei mir war, zum Kaffeetrinken eingeladen. Sie hat nicht viel gesagt, was mich aber nicht erstaunt hat, da Celi schon immer sehr zurückhaltend war und schlecht aus sich herausgehen konnte. Ich hatte nicht das Gefühl, dass sie Carsten nicht mochte.

Als Celine am Sonntagabend zurückkam und durch die Diele zur Einliegerwohnung gehen wollte, hörte sie hinter der halbgeöffneten Küchentür die Stimmen der Großeltern:

»Immerhin ist Robert seit drei Jahren tot«, sagte die Großmutter in nachdenklichem Ton.

»Sicher … da hast du schon recht, Ilse. Aber …«

»Anja ist noch jung. Es ist richtig und gut so, dass sie sich wieder verliebt hat.«

»Solange das Kind ihn nicht Papa nennen muss …«

»Ach geh, das ist doch heutzutage alles ganz locker, Werner. Er ist für Celi der Carsten. Ist doch alles längst nicht mehr so verknöchert wie zu unserer Zeit. Ich bin jedenfalls sehr froh, dass Anja nicht mehr allein ist.«

Celine schlich sich vorsichtig an der Küche vorbei. Nein, keine Sorge, dachte sie. Papa würde sie niemals zu Carsten sagen.

3.

Mathe war immer schon Celines schwächstes Fach gewesen. In der Realschule hatte sie es mit viel Mühe auf eine Drei gebracht. Jetzt, im Gymnasium, wurde es zunehmend schwerer. Mit Integralrechnung kam sie überhaupt nicht klar.

Sie hatte mittlerweile Angst davor, auf einer Sechs zu landen. Gut, dass der Großvater früher Mathelehrer war und ihr Nachhilfe geben konnte. Er hatte eine Engelsgeduld. Immer wieder und wieder gingen sie die Aufgaben mit den Kurvendiskussionen durch.

»Schau mal hier … Wo befindet sich der Wendepunkt?«

Celine schreckte aus ihren Gedanken hoch.

»Träumst du schon wieder? Das kommt in letzter Zeit öfter vor. Du hast dich doch wohl nicht etwa verliebt?« Der Großvater schmunzelte.

»Ach Opa!« Sie wollte nicht zugeben, dass sich ihre Gedanken ständig um Fiete drehten. Ja, es stimmte. Sie war verliebt, und wie! Sie konnte kaum noch an etwas anderes denken als an ihn. Wie er den Kopf drehte, um die Haare nach hinten zu werfen, seine einfühlsame Stimme und die coole Art, mit der er die Lehrer provozierte, zogen Celine magisch an und sorgten für dieses Kribbeln im Bauch, das so neu für sie war. Wenn sie ihn näher kennenlernen wollte, musste sie mit zu den Treffen gehen, über die sich die anderen auf dem Schulhof so oft unterhielten. Celine hatte aber das ganze Wochenende fürs Lernen eingeplant. Wie die anderen es schaffen konnten, am Montag in den ersten beiden Stunden die Matheklausur zu schreiben, war ihr ein Rätsel.

In der großen Pause hörte Celine, wie Mike zu Bea sagte: »Vielleicht findet Sas an diesem Wochenende ihren Traum-Boy.«

»Traum-Boy?« Celine wunderte sich. »Wieso? Ist Sas nicht mit Fiete zusammen?«

»Fiete und Sas«? Mike und Bea lachten.

»Ich dachte …«

»Ne, die sind beide solo«, sagte Bea.

Konnte es wirklich sein, dass ein so cooler Typ wie Fiete keine Freundin hatte? Vielleicht hatte er ja eine Freundin, die auf eine andere Schule ging und von der die anderen nichts wussten. Musste jeder alles über jeden wissen? Oder die Freundin ging nicht zur Schule, sondern machte eine Lehre.

Auf jeden Fall waren Fiete und Sas kein Paar. Auch wenn man sie ständig zusammen sah und sie offenbar viel zu besprechen hatten.

sie rückt näher
meine chance
zum greifen nah
ich fasse es nicht
dass du da bist
in meinem leben
ein traum soll es nicht
bleiben
ein happy-end
soll es geben.

Gedicht von Celine Bohrmann

*

»Also, von da an hab ich angefangen am hellichten Tag von Fiete zu träumen und mir vorgestellt, dass ich mit ihm zusammen bin.«

Was gehen Herrn Brückner meine Gefühle eigentlich an?, dachte Celine und wäre am liebsten einfach aufgesprungen und weggerannt.

»Aber offen darauf angesprochen, dass du gerne mit ihm zusammen wärst, hast du ihn nicht?«

Celine schüttelte den Kopf. »Ich habe es mir erst mal nur vorgestellt. Und in meinen Gedichten und Geschichten darüber geschrieben.«

»War Fiete deine erste große Liebe? Oder warst du vorher auch schon einmal verliebt?«

»Es war das erste Mal«, sagte Celine. »So wie in Fiete bin ich noch nie in jemanden verliebt gewesen.«

*

Als Celine an diesem Nachmittag vom Einkaufen kam, hielt neben ihr ein blauer VW.

Celine traute ihren Augen nicht. Am Steuer saß Fiete. Hatte er denn mit 17 schon einen Führerschein? Durfte er ganz alleine ein Auto fahren?

»Hey, Celine, komm, steig schnell ein! Du bekommst am Ende noch lange Arme«, stellte er mit einem Blick auf die prall gefüllten Einkaufstaschen fest.

Celine zögerte. »Hast du denn schon einen Führerschein?«, fragte sie.

»Ach wo, für alles braucht man in diesem Land irgendeinen Wisch. Reicht es nicht völlig, dass ich mit dem Wagen fahren kann?«

»Waaas? Du hast gar keinen Führerschein?«

»Nein! Muss ich auch nicht haben. Willst du nun mitfahren oder nicht?«

»Aber …«

»Celine, ich brauch den Wisch echt nicht. Ist doch nichts als ein Fetzen Papier, der unheimlich viel Kohle kostet. Ich kann fahren, o.k.! Es gibt Leute, die haben einen Führerschein und rasen gleich beim ersten Mal gegen den nächsten

Baum. Sind doch alles Deppen, die da draußen rumfahren. Looser und Nichts-Könner.«

»Ich weiß nicht …« Celine zögerte. Ohne Führerschein Auto fahren, dachte sie. Der schreckt echt vor nichts zurück.

»Steig ein«, forderte Fiete sie in einem Tonfall auf, der keinen Widerspruch zuließ.

»O.k. Du kannst mich vor dem Haus von meinen Großeltern rauslassen. Das ist am Waldweg 8, hinter der alten Kirche.«

Fiete nickte. »Du wohnst bei Opa und Oma?«, fragte er, während er ausstieg, um Celines Einkaufstaschen in den Kofferraum zu hieven.

»Am Wochenende bin ich bei meiner Mom.«

»Sind deine Eltern geschieden?«

»Sorry, das kannst du ja nicht wissen. Mein Dad ist vor drei Jahren gestorben.«

Fiete blickte Celine mit betroffenem Gesichtsausdruck an und klappte den Kofferraum zu.

Er bestand darauf, ihr die Einkaufstaschen bis vor die Haustür zu tragen. Fiete pfiff anerkennend durch die Zähne, während sie durch den Vorgarten gingen. »Ein sauschöner Garten. Du lebst hier echt nicht schlecht.«

Celine klingelte. Nach einer Weile öffnete die Großmutter die Tür.

»Oma, das ist Fiete! Ich habe ihn unterwegs getroffen und er hat mir mit den Einkaufstaschen geholfen.«

»Gehen Sie mit meiner Enkelin in die Oberstufe?«

»Ja, wir haben mehrere Kurse zusammen«, sagte Fiete und lächelte Celines Großmutter an.

»Kommen Sie doch herein. Ich habe Kaffee gemacht. Oder möchten Sie lieber einen Tee trinken?«

Fiete wischte sich sorgfältig die Schuhe auf der Türmatte sauber und las den Namen, der auf dem Messingschild stand, bevor er das Haus betrat. »Das ist sehr nett von Ihnen, Frau Bohrmann. Ich nehme den Tee. Vielen Dank!«

Celine stellte die Einkaufstüten in die Küche. »Ich räum noch schnell die Sachen in den Gefrierschrank, Omi.«

»Ja, mach das!«, rief die Großmutter. Und an Fiete gewandt fügte sie hinzu: »Wir müssen jetzt immer etwas mehr einkaufen. Unsere Enkelin wohnt unter der Woche bei uns.«

»Das hat Celine mir schon erzählt, Frau Bohrmann. Und dass es ihr so gut bei Ihnen gefällt. Aber das ist ja auch kein Wunder. Bei so netten älteren Herrschaften wie Ihnen muss man sich ja wohlfühlen. Celine hat mir auch erzählt, dass ihr Vater gestorben ist. Das tut mir sehr leid.«

Celine musste an den Fiete denken, der im Unterricht die Lehrer mit Zwischenrufen und Sprüchen provozierte. Das hier war nicht der Fiete, den sie kannte. Obwohl …so gut kannte sie ihn ja eigentlich auch noch gar nicht.

»Leider … ich muss noch jobben«, sagte Fiete und tippte auf seine Armbanduhr.

»Ein sehr charmanter junger Mann. Und so einfühlsam.« Der Großvater blickte Fiete hinterher, der vor dem Haus in das Auto stieg.

*

»Fiete hat sich bei meinen Großeltern so wohlerzogen und freundlich verhalten, dass sie völlig begeistert von ihm waren. Ich hab mich natürlich darüber gefreut. Schließlich hätte ich ihn gerne zum Freund gehabt. Da war es gut zu wissen, dass meine Großeltern ihn mochten.«

»Ich gehe einmal davon aus, dass du gewusst hast, dass Jugendliche erst ab 18 alleine einen PKW fahren dürfen.«

Celine zögerte mit der Antwort. Was sollte sie Herrn Brückner darauf antworten? Ja, natürlich hatte sie gewusst, dass Fiete mit 17 noch keine offizielle Fahrerlaubnis haben konnte. Aber von Fiete ging etwas aus, das sich nicht erklären ließ. Etwas, das auf Celine faszinierend wirkte. Ob es sein ungeheures Selbstbewusstsein war, mit dem er alle Bedenken zur Seite wischte, konnte sie nicht genau sagen. Eins war sicher: Die Regeln, an die sich andere Menschen die meiste Zeit hielten, galten für Fiete offenbar nicht.

*

4.

Wäre bloß diese bleierne Müdigkeit nicht gewesen. Celine saß seit vier Stunden an ihrem Schreibtisch und versuchte, mathematische Formeln nicht nur auswendig zu lernen, sondern auch zu verstehen. »Es reicht nicht, dass du alles auswendig lernst. Du solltest vor allem wissen, wie und wann du welche Formel anwenden musst«, hatte der Großvater erklärt und ihr einige Aufgaben gegeben, die er selbst zusammengestellt hatte.

In Celines Kopf drehten sich die Gedanken. Wusste sie genug, um die Matheklausur am Montag zu bestehen? Würde sie mit den anderen mithalten können? Sie musste lernen, lernen, lernen.

Es klopfte an der Tür und die Großmutter brachte ihr Tee und Plätzchen. »Du bist sehr fleißig. Aber mach zwischendrin auch immer wieder Pausen.«

Die Großeltern waren so lieb, aber sie hatten keine Ahnung, wie Celine sich fühlte. Sie hatte keine Wahl. Wenn sie die Klausur bestehen wollte, musste sie alles noch einmal durchgehen.

In der Fünf-Minuten-Pause ging Celine auf die Toilette und ließ sich am Waschbecken im Vorraum kaltes Wasser über das Gesicht laufen. Sie fühlte sich von dem ständigen Kampf gegen die Müdigkeit erdrückt und war froh, als Herr Frings das Ende der Klausur mit einer Zeile aus dem Gedicht »Herbsttag« von Rainer Maria Rilke einleitete. »Wer jetzt kein Haus hat, baut sich keines mehr.«

»Wer jetzt allein ist, wird es lange bleiben, wird wachen, lesen, lange Briefe schreiben«, stimmte Luisa aus der Kreativschreiben-AG ein.

Herr Frings war für seine Liebe zur deutschen Literatur bekannt. Er zitierte bei jeder Gelegenheit aus Gedichten. Warum er Mathematiklehrer geworden war, war nicht nur Celine ein Rätsel.

Sie nahm sich vor, nach Schulschluss ein paar Stunden zu schlafen. Zum Glück endete der Unterricht an diesem Tag um kurz nach 13 Uhr.

In der großen Pause wollte sie mit den anderen über die Ergebnisse sprechen. Aber die wollten nichts mehr von der Matheklausur hören. Fiete machte eine Handbewegung, als wolle er allen Stress einfach wegwischen. »Genieß lieber das Leben, Celine, es kann kurz sein«, sagte er.

Dann wandte er sich wieder seinem Smartphone zu, auf dem gerade ein Live-Video mit Peggy Gou lief. Die rhythmischen Klänge fegten Celines Gedanken an die Mathearbeit mit einem Schlag weg. Sie nahm sich vor, Techno- und House-Musik auf ihr Smartphone zu laden. Sie wollte endlich mitreden können, wenn die anderen sich darüber unterhielten.

Bei Bremchen, im Deutschunterricht, konnte Celine Kraft schöpfen. Hier fühlte sie sich richtig wohl. In Deutsch hatte sie letzte Woche die Interpretation einer Ballade mit einer 1 zurückbekommen und Bremchen hatte sie vor dem ganzen Kurs gelobt. Außerdem verkündete die Deutschlehrerin eine Überraschung. »Unsere Kreativschreiben-AG hat die Möglichkeit, nächsten Monat im Gemeindehaus auf der Friesenstraße 32 eine Dichterlesung zu veranstalten. Sie stellen uns den Raum, in dem sonst immer die Theateraufführungen stattfinden, zur Verfügung. Es wird einen Büchertrödel geben und die ehrenamtlichen Mitarbeiter:innen sorgen für Kaffee, Tee und Waffeln mit Sahne.«

Der Vorschlag wurde begeistert angenommen.

»Sucht euch bitte zwei eigene Werke aus, die ihr an dem Abend vorlesen wollt. Die Dichterlesung dauert mit Pause zweieinhalb Stunden. Von 18 bis 20 Uhr 30. Zwölf Leute können teilnehmen. Jeder von euch kann also 10 Minuten vortragen. Das können zwei kürzere Texte oder ein längerer sein. Wir machen im Vorfeld eine Probelesung. Herrn Frings, meinen literaturbegeisterten Kollegen, habe ich auch eingeladen und er will kommen.«

»Er rechnet mit, wie viel Zeit jeder noch hat«, rief Lisa dazwischen.

Frau Bremer lachte. Man merkte ihr an, wie viel Spaß ihr die Arbeit mit der AG machte.

Auf dem Heimweg überlegte Celine, welche Texte sie vorlesen wollte. Wollte sie das wirklich? Es war für sie völlig neu, das, was sie geschrieben hatte, vor Publikum vorzutragen. Bisher hatte sie es nur für sich selbst gemacht. Um ihre Gedanken und Gefühle auszudrücken. Nun sollte sie das, was sie innerlich bewegte, anderen Menschen mitteilen. Besonders wohl war ihr bei diesem Gedanken nicht. *was wenn ich ausgelacht werde wenn jeder weiß was ich denke und fühle geht das die anderen überhaupt was an?*

Nachdem sie mit Kleidern auf ihr Bett gefallen war und eine Weile geschlafen hatte, holte sie ihre Kladde mit den Gedichten und Kurzgeschichten hervor. Die meisten Texte kamen ihr mittlerweile nicht mehr so vor, als ob sie von ihr stammen würden. Mit 16 fühlte sie sich anders als mit 12, 13 oder 14. Fast schien es ihr, als würden ihre Texte von verschiedenen Menschen stammen. Was ihr mit 12 oder 13 Probleme bereitet hatte, kam ihr mittlerweile uninteressant vor. Sie holte ein Gedicht mit dem Titel »Zwei Welten« hervor, das sie erst vor Kurzem geschrieben hatte: Es handelte von der Liebe, die sie für Fiete empfand.

Zwei Welten

in meiner welt dreht sich alles
um ihn.
schwindlig vor glück. er ist ahnungslos.
nur eine frage kann uns
vereinen –
liebst du mich auch?

Gedicht von Celine Bohrmann

Ob sie das Gedicht vorlesen sollte? Und wenn Fiete doch bereits eine Freundin hatte? Nachdenklich blickte sie aus dem Fenster. Sie würde sich die Sache noch einmal gründlich durch den Kopf gehen lassen.

Celine teilte Tanni in einer WhatsApp den Termin der Lesung mit und Tanni schrieb zurück:

klasse. am Samstag hab ich frei. das klappt. bringe jan mit.

Für Jan, den Literaturstudenten aus Tannis WG, war die Lesung bestimmt interessant. Hätte er sich sonst für ein solches Studium entschieden? Außerdem würde Celine Tanni wiedersehen. Sie vermisste sie jeden Tag ein bisschen mehr. Zwar hatte sie Anschluss an Sas und Fiete und die anderen gefunden. Und in Fiete war sie sogar verliebt. Aber das war nicht dasselbe. Tanni. Das war die Erinnerung an Pyjamapartys, Ausflüge mit den Eltern, als Dad noch lebte. Die gemeinsame Einschulung, Laternenumzüge, Eisessen und im Sommer das Schwimmen im Freibad. All das und noch viel mehr war mit Tanni verbunden. Schon der Gedanke an ihren Namen tat Celine weh.

Außerdem war es die Gelegenheit, Tanni endlich die Personen vorzustellen, von denen sie bisher nur per WhatsApp gehört hatte: Fiete, Sas und die anderen, Bremchen und Herr Frings. Aber wenn Celine vor sich selbst ehrlich war, wäre sie am liebsten mit Tanni allein gewesen. So wie früher. Ach, wie sie sich nach früher sehnte.

Mom wollte an dem Wochenende, an dem die Lesung stattfand, eine Kurzreise mit Carsten nach Amsterdam unternehmen, um ein Kunstmuseum zu besuchen. Sie erklärte Celine, dass die Reise schon länger geplant und fest gebucht war und dass sie sie nicht mehr absagen konnten. »Das kannst du doch bestimmt verstehen, Celi.«

Celine wusste nicht, was sie erwidern sollte. Einerseits war sie froh darüber, dass Mom einen Freund hatte und nicht mehr so allein war. Andererseits fühlte sie sich zurückgesetzt.

Bin ich jetzt abgeschrieben? Oder bilde ich mir das nur ein? Mom würde mich niemals wegen Carsten im Stich lassen. Oder vielleicht doch?

Als sie Fiete davon erzählte, wurde dieser richtig wütend. »Was? Sie fährt mit dem Freund weg, wenn du deine erste Lesung hast? Völliges No-Go!«

»Zum Glück kommen meine Großeltern, Tanni und Jan«, sagte Celine und freute sich, dass Fiete Moms und Carstens Verhalten auch nicht gefiel.

Er versteht meine Gefühle, dachte sie und spürte wieder dieses Kribbeln im Bauch.

»Wir sind gespannt auf deine Texte und freuen uns, Tanni wiederzusehen«, sagten die Großeltern.

»Und ich erst!« Celine seufzte.

»Sie fehlt dir sehr, deine Besti, wie du sie nennst?«

»Ja! BFF! Best friends forever.«

Die Großeltern lachten. »Die jungen Leute haben ihre eigene Sprache. Da kommen die Alten nicht mehr mit.«

5.

Celine konnte es nicht fassen. Sie hatte eine 3- in der Mathearbeit. Nur eine halbe Note schlechter als früher. Sie hätte in diesem Moment die ganze Welt umarmen können. Fiete war mit seiner 2- ebenfalls gut weggekommen. Sas hatte eine 2 geschrieben. Dafür, dass die beiden das ganze Wochenende unterwegs waren und auch sonst wenig lernten, war das eine unglaubliche Leistung.

Herr Frings blickte Celine aufmunternd an. »Das ist ganz prima gelungen, Celine. Weiter so!«

Das Lernen hatte sich also gelohnt. Auch Mom und die Großeltern waren begeistert. Allerdings blieb Celine wenig Zeit, um sich auszuruhen. Die Englischklausur stand kurz bevor und sie wollte noch einmal alle Vokabeln durchgehen.

*

»Immer war irgendwas. Wenn wir die eine Klausur gerade geschrieben hatten, wurde schon die nächste angekündigt. Ich kam mir vor wie der Goldhamster, den Tanni hatte, als wir noch in die Grundschule gegangen sind. Der lief in einem Rad. Immer schneller. Ohne Ende.«

»Das hört sich nach Dauerstress an«, sagte Herr Brückner.

*

Mittlerweile hatte sie sich eine beachtliche Anzahl Techno- und House-Songs runtergeladen und gehört. Die Namen der DJs, über die sich die anderen unterhielten, waren schon längst keine Fremdwörter mehr für sie. David Guetta, Meduza, Charlotte de Witte. Mit einem Mal kamen ihr die koreanischen Pop-Songs wie Schlaflieder vor. Es war ihr sogar gelungen, Ben mit ihrem neuen Wissen zu verblüffen. Er hatte ihr einen Song von Meduza vorgespielt und behauptet, dieser stamme von Bebe Rexha.

»Das hätte ich echt nicht von dir gedacht«, sagte Ben und warf Celine einen anerkennenden Blick zu.

»Da kann sie ja bald mal mitkommen«, meinte Bea.

»Soll Fiete klären«, winkte Mike ab. »Da misch ich mich nicht ein.«

Wohin mitkommen?, dachte Celine und freute sich über das Lob von Ben.

Celine entschied sich für die Gedichte *Abend* und *Neuanfang*. Sie konnte sich nicht dazu durchringen, *Zwei Welten* vorzutragen. Zu groß war die Angst, Fiete könne merken, wie verliebt sie in ihn war. Ob er eine Freundin hatte oder nicht, hatte sie auch noch nicht herausfinden können. Vielleicht brachte er sie ja zur Lesung mit. Aber wenn sie vor sich selbst ehrlich war, wünschte sie sich nichts mehr als einen Fiete, der solo war.

Drei Tage vor dem Auftritt probten sie die Lesung nachmittags im Gemeindehaus. Auch wurde festgelegt, in welcher Reihenfolge sie lesen sollten. Bremchen wollte, dass auf ein ernstes Gedicht ein heiteres Gedicht folgt. »Die Gäste brauchen Raum zum Durchatmen«, begründete sie ihre Entscheidung. »Sie sollen schließlich nicht in Schwermut versinken.«

Eines der Gedichte, die Fiete geschrieben hatte, war recht kurz. Es hieß »Der Regentag«.

Der Regentag
Pfützen auf der Straße.
Ich werde nicht hineinfallen.
Das ist was für alle anderen.
Nicht für einen
wie mich.

Bremchen hatte gemeint, das lyrische Ich in Fietes Gedicht fühle sich allen anderen Menschen überlegen.

Genau diese Überlegenheit war es, die Celine so an ihm mochte. Fiete traute sich einfach viel zu und gab sich nicht so schnell geschlagen. Fiete war der, der nicht in die Pfützen fiel.

Celine wünschte sich, ein wenig mehr von seinem selbstbewussten Auftreten zu haben.

Wenn ich so wäre wie Fiete, würde ich mir alles zutrauen und keine Angst mehr haben, dachte sie. Es muss schön sein, wenn man so mutig ist.

Endlich konnten sich Celine und Tanni wieder in die Arme fallen. Aus dem Augenwinkel sah Celine, dass Fiete sie beobachtete. Ihr Herz begann wie wild zu schlagen. *er interessiert sich für mich wenn er näher käme könnte ich ihm tanni vorstellen das wäre richtig klasse tanni käme aus dem staunen nicht mehr raus so einen coolen freund traut sie mir bestimmt nicht zu der stillen celi*

»Oh Mann, ich hab dich so was von vermisst«, nuschelte Celine in Tannis blauen Hoodie hinein.

»Ich dich auch!«, sagte Tanni und drückte Celine noch fester an sich.

Sie ließen sich erst los, als Jan Tanni auf die Schulter tippte. »Hallo, ich bin auch noch da.«

»Hallo, Jan! Toll, dass du mitgekommen bist«, begrüßte Celine ihn fröhlich.

Sie hatte Jan bereits während ihrer Besuche bei Tanni kennengelernt. Das Literaturstudium machte ihm nach wie vor Spaß und er fühlte sich in der WG richtig wohl.

»Kein Wunder, er ist ja schließlich unser Hahn im Korb«, scherzte Tanni. »Ein Hahn zwischen drei Hennen.« Sie hakte sich bei Celine unter und sagte: »Jan hat kein Einser-Abi, aber trotzdem sein Traumstudium gefunden. Literaturwissenschaft ist genau sein Ding!«

Celine lachte. »Ich verstehe, was du meinst.« *was denkt*

tanni sich klar werde ich ein einser abi abliefern das traut sie mir wohl nicht zu

»Ist deine Mom nicht hier?«

»Sie ist mit Carsten nach Amsterdam gefahren. Sie wollen ein Museum besichtigen.«

Tanni sah sie erstaunt an und Celine spürte wieder dieses unruhige Gefühl im Magen. Tanni fand es offenbar auch komisch, dass Mom und Carsten nicht zur Lesung gekommen waren. War es ja irgendwie auch. Fiete hatte das auch nicht richtig gefunden.

»Aber deine Großeltern sind hier?«, fragte Tanni schnell und blickte sich suchend im Saal um. »Ah, da sind sie«, sagte sie und winkte ihnen zu. Celines Großeltern winkten zurück.

Fiete saß neben einer Frau mit dunklem Haar und einem blauen Kostüm. Ob das seine Mutter war? Besonders ähnlich sah sie Fiete nicht. Sonst schien er keine Gäste mitgebracht zu haben. Da wurde die Tür zum Saal auch schon geschlossen und Bremchen erschien auf der Bühne.

Zwei Tage später, am Montag, erschien ein Artikel über die Lesung in der Zeitung, den die Großmutter beim Frühstück laut vorlas:

> Im Gemeindehaus auf der Friesenstraße 32 fand am Samstagabend in der Zeit von 18 – 20 Uhr 30, eine Dichterlesung statt. Zwölf Oberstufenschüler und -schülerinnen des Theodor-Heuss-Gymnasiums trugen ihre Texte

> vor Publikum vor. Die Idee zur Lesung entstand in der Kreativschreiben-AG, die die Deutschlehrerin Tanja Bremer (48) ins Leben gerufen hat. Besucher, Eltern und Angehörige konnten sich vom Talent der Nachwuchsautor:innen persönlich überzeugen. Für jeden Geschmack war etwas dabei. Ein rundum gelungener Abend für alle Beteiligten.

Auf dem Bild, das zu dem Artikel gehörte, war Celine zu sehen, die am Rednerpult stand und eins ihrer Gedichte vortrug. Darunter stand:

> Die 16-jährige Celine Bohrmann stellte ihr Talent als Nachwuchsautorin unter Beweis und beeindruckte die Gäste.

»Wir sind so stolz auf dich, Celine«, rief die Großmutter begeistert aus. »Carsten und Anja wird es nicht anders gehen.«

»Wow, Wahnsinn!«, staunte Celine, machte mit ihrer Handykamera sofort ein Foto von dem Artikel und schickte es Tanni.

Prompt kam die Antwort: *Celine, meine berühmte Dichter-Freundin. Super! Mega!*

Celine wollte das Wochenende bei Mom nutzen, um sich auf die Klausur in Gesellschaftswissenschaften vorzubereiten, die für Donnerstag auf dem Plan stand. Diesmal sollte es keine 2- mehr werden.

»Wir gehen heute Abend gemeinsam essen. Carsten, du

und ich. Mal so richtig schick. Ich hab uns beim Italiener einen Tisch bestellt.«

Das Wort »schick« passt nicht zu Carsten, dachte Celine und versuchte, ihre Enttäuschung zu verbergen. Sie hatte sich so sehr auf das Wochenende bei Mom gefreut. Sie wollte ihr unbedingt von Fiete erzählen und dass sie sich in ihn verliebt hatte. *he mom das ist fiete mein freund ich hab mich total in ihn verknallt so einen coolen jungen hab ich bisher noch nicht kennengelernt klar liebt er mich auch wir sind schon seit drei monaten zusammen es sollte eine überraschung für dich sein*

»Dann lernt ihr euch mal richtig kennen. Du hast doch nichts dagegen, Celi, oder?«

Celine schüttelte den Kopf. Sie wollte Mom die Freude an dem geplanten Essen nicht verderben.

Am Schwarzen Brett stand, dass die Doppelstunde Kunst bei Herrn Schmidt ausfallen musste. Es war kurz nach 12 Uhr. So früh endete die Schule sonst nie. Es fühlte sich für Celine ungewohnt an. Als ob sie den Unterricht schwänzen würde. Die Luft roch klar und frisch. Wie nach einem heftigen Regenschauer. Der Sommer neigte sich seinem Ende zu, aber es war noch recht warm für diese Jahreszeit. Sie ging die Straße runter, als neben ihr ein Auto hupte.

Fiete saß am Steuer, Sas auf dem Beifahrersitz. »He, Celine, Bock auf eine Spritztour?«

Warum nicht, dachte sie. Die Großeltern rechneten

so früh noch nicht mit ihr. Sie öffnete die Tür, warf ihren Rucksack auf den Rücksitz und stieg ein, als sei es die selbstverständlichste Sache von der Welt. Der Gedanke, dass Fiete keinen Führerschein hatte, war weit weg. Überhaupt kam ihr vieles, was Fiete machte, mittlerweile ganz selbstverständlich vor. *er hat doch gesagt dass das völlig normal sei ich bin nicht normal wenn ich ständig angst habe er braucht keinen führerschein um fahren zu können fiete weiß was er tut*

Fiete lenkte das Auto Richtung Landstraße. Links und rechts waren Felder mit braun-schwarz-gefärbten Maiskolben, die kurz vor der Ernte standen. Fiete hielt das Auto an, damit er und Sas die Plätze wechseln konnten. Celine spürte die Angst, die sich in ihr breitmachte. Sas drückte aufs Gaspedal. Das Auto fuhr die Landstraße runter.

Celine hätte sich auf dem Rücksitz am liebsten unsichtbar gemacht. Was sie taten, war furchtbar verboten, aber für Fiete und Sas schien das überhaupt keine Rolle zu spielen. Nur sie hatte ständig diese Angst in sich.

»Hat Fiete mir beigebracht«, erklärte Sas stolz.

»Der Zweitwagen von meinen Erzeugern. Den haben sie letztes Jahr abgeschrieben. Ruth hat mich noch nie erwischt. Der kann ich viel vormachen«, sagte Fiete.

»Läuft wie am Schnürchen«, bemerkte Sas.

Die Landstraße machte eine Kurve. Sas hielt das Auto neben dem Feld an.

»Jetzt ist Celine an der Reihe«, sagte Fiete.

Hatte sie richtig gehört? Sie sollte das Auto fahren?

Celines Herz schlug ihr mittlerweile bis zum Hals. Sie versuchte krampfhaft, ihre Panik in den Griff zu bekommen. Vor Schreck konnte sie sich kaum rühren.

Fiete schien es zu bemerken, denn er fing an, mit ruhiger Stimme auf sie einzureden: »Keine Sorge, Babe, du kannst mehr, als du denkst.« Dann gab er ihr Anweisungen: »Das Gaspedal ist rechts … links daneben das Bremspedal … beide Pedale werden mit dem rechten Fuß bedient … den linken Fuß brauchst du überhaupt nicht … der Wagen ist Automatik. Er hat kein Kupplungspedal. Beim Starten steht der Fuß auf der Bremse … und jetzt … langsam Gas geben.«

Es kam Celine so vor, als wäre Fiete ein besonders einfühlsamer Fahrlehrer. Sie spürte, dass die Panik langsam nachließ und sie mutiger wurde. Fiete vertraute ihr, er brachte sie mit seiner ruhigen Stimme dazu, Dinge zu tun, die sie sich bisher nicht zugetraut hatte. Er schien sie besser zu kennen, als sie sich selbst. Die Angst, die sie in sich aufgebaut hatte, fiel von ihr ab wie das Laub, das von den Bäumen rieselte. Sie trat auf das Gaspedal. Der Wagen fuhr ein Stück die Landstraße entlang.

»Na also, geht doch … wenn man nur das macht, was erlaubt ist, kommt man zu nichts«, sagte Fiete.

»Stimmt«, sagte Sas und lachte gackernd.

Die Straße machte eine kleine Kurve.

»Jetzt das Lenkrad nach rechts drehen«, rief Fiete.

Der Wagen fuhr in die Kurve. So schwer wie Celine das Autofahren immer vorgekommen war, schien es gar nicht zu sein. Wenn man selbst am Steuer saß und nicht nur Beifahrer war, konnte man die Straße ganz anders überblicken.

»Du siehst überall nur Verbote und Mauern, Celine«, meinte Sas. »Fragt sich nur, wer dir diese Grenzen setzt, es sind ja nicht deine eigenen. Du hast dich nicht selbst eingemauert. Zeit, dass du dich davon frei machst.«

Nicht alle Verbote sind falsch, dachte Celine. Zum Beispiel darf man nicht über Rot gehen, um nicht überfahren zu werden. Grenzen können auch ein Schutz sein. Aber das sagte sie nicht laut, denn Sas war richtig in Schwung gekommen: »Die Eltern, die Lehrer, die Nachbarn! Jeder weiß besser als du selbst, was für dich gut ist …«

»Überall gibt es Vorschriften«, fiel Fiete Sas ins Wort. »Selbst über eine Wiese darf man nicht laufen. Betreten verboten! Kackende Hunde verboten! Spielende Kinder verboten! Du rennst ständig mit dem Kopf gegen Wände und merkst es schon gar nicht mehr.«

Celine trat auf die Bremse. Das Auto wurde langsamer und hielt schließlich an.

Sas und Fiete klatschten Beifall.

»He, klasse!«, lobte Sas. »Wir sind total stolz auf dich, Celine!«

Plötzlich fühlte sich ihr Gesicht vor Freude ganz heiß an. *wenn das tanni sehen könnte aber die wäre bestimmt dagegen die sah auch überall nur verbote und mom würde einen schock bekommen wenn sie davon erfuhr*

Fiete lenkte das Auto zurück auf die Hauptverkehrsstraße. Sie hielten vor dem Haus von Celines Großeltern und ließen sie aussteigen.

»Huiii, affenstarke Location für 'ne geile Party«, bemerkte Sas, während sie die alte Jugendstilvilla und den dazugehörigen Garten aufmerksam betrachtete.

»Am Samstagnachmittag treffen wir uns um 15 Uhr bei mir zu Hause«, sagte Fiete. »Wir wollen etwas Wichtiges wegen unserer Treffen besprechen. Du bist eingeladen, Celine. Ich hole dich um 14 Uhr 30 ab.«

Celine fühlte sich, als habe sie soeben den Hauptpreis in einer Lotterie gewonnen. Sie würde sehen, wo Fiete wohnte, und seine Eltern kennenlernen. Und sie konnte bei einer wichtigen Besprechung dabei sein.

Endlich würde sie erfahren, was es mit den Treffen auf sich hatte, die die anderen regelmäßig veranstalteten.

*

Herr Brückner blickte Celine nachdenklich an. »Fahren ohne Fahrerlaubnis ... sehr geschickt von Fiete, dich und Saskia Hoffmann in die Aktion mit einzubeziehen. Damit hat er euch zu Mitwisserinnen gemacht. Auf jeden Fall hat er dafür gesorgt, dass ihr ihn nicht verraten könnt. Aber nicht nur ihr habt euch strafbar gemacht, sondern auch Fietes Eltern, die zugelassen haben, dass ein Minderjähriger ihr Auto fährt.«

Celine spürte, dass ihre Beine zitterten. Fiete hatte sie und Sas hinters Licht geführt und sie hatte es nicht ein-

mal gemerkt. Im Gegenteil – sie hatte die ganze Zeit über gedacht, dass er ihr helfen wollte, die Grenzen, die sie sich selbst gesetzt hatte, zu überwinden.

*

An diesem Nachmittag saß Celine an ihrem Schreibtisch und starrte auf das aufgeschlagene Buch. Die Klausur stand kurz bevor. Aber sie konnte sich beim besten Willen nicht konzentrieren. Die Buchstaben verschwammen vor ihren Augen. Ständig schweiften ihre Gedanken ab und sie durchlebte die Situation aufs Neue: Fiete, der mit ruhiger Stimme auf sie einredete … sie selbst am Steuer des Autos. Ob sie Tanni davon erzählen sollte? Sie griff nach dem Smartphone und öffnete WhatsApp. Nein, lieber nicht, dachte sie. Tanni würde ihr bestimmt eine Standpauke halten. Die Klassenfahrt in die Jugendherberge fiel ihr ein. Einige Jungen hatten Alkohol ins Haus geschmuggelt, obwohl es strikt untersagt war. Sie hatten nachts im Waschraum eine Party feiern wollen und Tanni, Celine und noch ein paar von den Mädchen dazu eingeladen. »Sorry, aber da mach ich nicht mit«, hatte Tanni gesagt. »Und Celine auch nicht.« Für Tanni war der Fall damit erledigt gewesen. Celine legte das Smartphone zur Seite. Sie konnte sich an viele Situationen erinnern, in denen Tanni Celine ihren Willen aufgedrückt und für sie beide Nein gesagt hatte.

Tanni, die so gut reden kann und bei allen beliebt ist. Die muss es ja wissen, dachte Celine. Nein, Tanni durfte auf gar keinen Fall erfahren, was Celine, Fiete und Sas gemacht hatten.

Celine begann die Tage bis Samstag zu zählen. Sie hatte Mom und Carsten wegen der Einladung abgesagt.

»Ach, das ist aber schade, Celi«, hatte Mom gesagt. »Wir haben uns schon so auf das Wochenende mit dir gefreut. Aber wir finden es toll, dass du eingeladen bist. Geh auf jeden Fall dorthin. Es ist wichtig, dass du in der neuen Schule Freunde findest. Opa und Oma haben mir erzählt, dass sie von Fiete so begeistert waren. Das scheint ja ein sehr netter junger Mann zu sein. Wir laufen dir schließlich nicht weg.«

WIR. UNS. Die Worte gingen Celine nicht mehr aus dem Kopf. Mittlerweile gab es Mom und Carsten nur noch im Doppelpack. Dabei hätte Celine gerne mal wieder Zeit mit Mom alleine verbracht und mit ihr über Fiete, Sas und die anderen gesprochen. Aber das war schon lange nicht mehr möglich. Immer und überall war Carsten dabei.

*

»Wie war denn die Beziehung, die du zu Carsten Simons hattest?«, fragte Herr Brückner.

Celine dachte eine Weile nach. »Ich habe irgendwie nicht verstanden, was Mom so gut an ihm gefallen hat.«

»Was hat dich denn an ihm gestört?«, wollte Herr Brückner wissen, während er sich Notizen machte.

»Carsten hat immer lange Vorträge über Kunst gehalten, die Mom toll fand. Aber für mich war das einfach nur gähnend langweilig. Er sprach immer so leise ... Seine Kleidung sah aus wie vom Flohmarkt ...«

Herr Brückner ließ den Stift sinken. »Hast du deiner Mutter gesagt, was dir an Carsten Simons nicht gefällt?«

Celine schüttelte den Kopf. »Nein. Was denken Sie denn? Mom ist super-glücklich mit Carsten. Ich wollte ihr die Freude nicht verderben.«

*

6.

Fiete kam pünktlich, um sie abzuholen. Celine hatte das schwarze Samtkleid, das sie auf der Abschlussfeier getragen hatte und eine schwarze Strumpfhose an. Mittlerweile war das Kleid nicht mehr ganz so eng. Sie hatte durch den Schulstress ein paar Kilo abgenommen. Aber heute wollte sie die Schule einfach nur vergessen und den Nachmittag und Abend bei Fiete genießen.

»Und es kommen noch mehr aus deiner Stufe, Celi?«, wollte die Großmutter wissen.

»Ja, Omi. Mike, Bea und Sas.«

»Wunderbar, dass du in so kurzer Zeit Freunde gefunden hast. Immerhin bist du neu auf das Gymnasium gekommen. Falls es später wird, hast du ja deinen Schlüssel.« Sie zwinkerte Celine zu.

»Omi, du bist klasse«, sagte Celine und umarmte die Großmutter.

Aus dem Vernehmungsprotokoll von Ilse Bohrmann:

Ich habe mich sehr gefreut, dass meine Enkelin so schnell Anschluss an die anderen aus der Stufe gefunden hatte. Mein Mann und ich kannten Fiete ja bereits. Er hat auf uns einen höflichen und freundlichen Eindruck gemacht. Nein, ich hätte nie gedacht, dass Fiete einen schlechten Einfluss auf meine Enkelin haben würde. Ein so netter junger Mann. Höflich und wohlerzogen. Das hat mein Mann auch gedacht.

»Wow!« Fiete musterte sie von oben bis unten. »Mega Kleid in genau der richtigen Farbe. Dark-Techno! Tolle Figur, klasse Frau!«

Celine merkte, wie ihr das Blut ins Gesicht schoss. Mit so viel Lob hatte sie nicht gerechnet. Und dass die Farbe Schwarz in der Techno-Musik eine wichtige Rolle spielt, wusste sie mittlerweile aus den Schulhofgesprächen.

Für das Treffen hatte Celine eine große Tüte Chips gekauft.

Sie bogen in eine Straße mit dem wunderschönen Namen Heckenrosen-Allee ein: mehrstöckige Backsteinbauten, Einfamilienhäuser, Tempo-30-Zone, *Achtung, spielende Kinder!*

Vor einem der Backsteinbauten mit der Nummer 32 hielt Fiete an. Er ließ Celine aussteigen, um das Auto in die Garage zu fahren.

Fiete lebte mit seinen Eltern in einer Dach-Maisonettewohnung, die sich im dritten Stock befand. Celine staunte. Die Wohnung war wie ein Haus im Haus. Eine Wendeltreppe führte ins Obergeschoss. Im Untergeschoss befanden sich Küche und Wohnzimmer. Die Küche war so blank, dass man sich in dem silbernen Chrom spiegeln konnte. Ein langer Glastisch und Stühle mit blauen Sitzkissen standen im Wohnzimmer. Der Tisch sah aus, als wäre er gerade frisch geputzt worden.

»Sind deine Eltern nicht da?«, fragte Celine.

»Die machen Norwegen unsicher, bis Mitte November«, sagte Fiete. Er nahm ihr die Tüte Chips aus der Hand und legte sie auf den Glastisch. Auf dem riesigen Tisch wirkte sie ziemlich einsam.

»Sind sie bis Mitte November verreist?«, fragte Celine.

»Arne und Melanie sind Reisejournalisten und weltweit unterwegs. Dafür haben sie schon mehrere Preise bekommen«, sagte Fiete. »Die Tage, die sie im Jahr zu Hause sind, kann man an allen zehn Fingern abzählen.«

»Und du wohnst hier die ganze Zeit allein?«

»Ruth kommt jeden Tag. Nur am Wochenende nicht. Zum Glück.« Er machte eine wegwerfende Handbewegung.

»Ruth?«

»Unsere Haushälterin.«

»Die Frau, die während der Lesung neben dir saß?«

»Ja!« Fiete nickte.

Also eins musste man Fiete lassen. Sein Leben war alles andere als gewöhnlich. Gut, dass es Ruth gibt, dachte Celine.

Nach und nach trudelten Mike, Bea und Sas ein.

Mike hatte eine Wodkaflasche mitgebracht. Er stellte sie neben die Chipstüte auf den Glastisch. Dann ließ er sich mit Schwung auf das Sofa fallen.

Sas ging in die Küche. Sie holte einen Aschenbecher und Gläser aus dem Schrank. »Hast du Cola?«, rief sie Fiete zu. »Dann können wir den Wodka damit mischen.«

»Im Kühlschrank!«

Celine merkte Sas an, dass sie nicht zum ersten Mal bei Fiete zu Besuch war. Als ob sie hier wohnen würde. Die kennt sich ja bei Fiete echt gut aus und weiß, wo alles steht, dachte sie.

Eifersucht machte sich in ihr breit. Sas kannte Fiete so viel besser und länger als sie. Ob er bereits eine Freundin hatte, wusste Celine immer noch nicht. Sas war es jedenfalls nicht.

Fiete schaltete mit der Multiroom-Funktion die Lautsprecher ein. Techno-Bässe dröhnten.

»Geil, unser Fieti … immer die richtige Musik drauf!«, sagte Bea.

Fiete lachte und warf die Haare mit Schwung aus dem Gesicht. Wieder einmal spürte Celine dieses Kribbeln in der Magengegend, das so neu für sie war.

Fiete füllte die Gläser und drückte jedem eins in die Hand.

Celine zögerte.

»Ist doch o.k. für dich?«, wollte Fiete wissen. »Oder trinkst du Cola ohne?«

»Doch, doch«, sagte Celine schnell, obwohl sie eigentlich nur zu Geburtstagen oder feierlichen Anlässen mal ein Glas Sekt oder Wein trank. Aber sie wollte keine Außenseiterin sein.

»Fiete hat auch Whiskey und Rum«, sagte Mike. »Seine Eltern schließen den Barschrank nie ab.«

»Glück für uns«, sagte Bea und grinste.

Whiskey oder Rum trank der Großvater, wenn der ehemalige Studienrat Dr. Menzel am Freitagabend zum Skatspielen kam. Die Flaschen standen auf einem kleinen

Glastisch im Wohnzimmer. Die Großeltern wären im Leben nicht auf die Idee gekommen, Celine Whiskey oder Rum anzubieten, und Celine wäre niemals auf die Idee gekommen, heimlich davon zu trinken. Außerdem mochte sie den Geruch nicht.

»Oder stehst du mehr auf Baileys?«, fragte Mike.

Mittlerweile kam Celine sich vor wie bei einem Verhör.

Bea zog eine Zigarettenschachtel aus der Tasche, nahm eine Zigarette heraus und schnippte die Packung auf den Glastisch.

»Also, Leute, es geht um unser Event in zwei Wochen. Ich hab den Treffpunkt in die WhatsApp-Gruppe gesetzt. 40 Leute haben schon zugesagt«, erklärte Fiete. »Ich lade dich in die Gruppe ein, ja?«

»O.k.«, sagte Celine und gab Fiete ihre Handynummer.

»Wo ist es dieses Mal?«, fragte Mike.

»Im Wald, ziemlich abseits gelegen, ein zerfallenes Gutshaus. Die Autobahn ist in der Nähe. Die Häusersiedlung ist weit genug weg.«

»Dürfte hinkommen«, sagte Sas.

»Cool, dass die Autobahn in der Nähe ist«, meinte Bea.

Die anderen wussten offenbar genau, worüber geredet wurde. Nur Celine hatte mal wieder keine Ahnung.

Fiete drehte die Musik lauter.

»Du bist eingeladen«, schrie Sas gegen die Bässe an und setzte sich neben Celine auf das Sofa. Sie legte ihr den Arm um die Schulter.

»Technoparty«, meinte Fiete. »Du bist wahrscheinlich noch nie auf einer gewesen, oder?«

»Nein, noch nie«, sagte Celine und dachte: Im Wald? In einem zerfallenen Gutshaus?

»Dann warst du die ganze Zeit scheintot. Technopartys sind Life pur«, rief Bea und fing an, mit Mike und Sas zur Musik zu tanzen.

Während die anderen tanzten, zog Fiete Celine zur Seite. Sie fühlte sich mittlerweile locker und entspannt von dem Alkohol, den sie getrunken hatte. Es war aufregend, so nah neben Fiete zu stehen. Sie spürte, dass etwas Neues, Unbekanntes anfing. Sie war zu einem Treffen eingeladen worden und würde Fiete und den anderen auf diesem Wege näherkommen. Sie sprachen schließlich von nichts anderem als von den Treffen, die meist am Wochenende stattfanden. Jetzt würde sie endlich mehr darüber erfahren.

»Die Technopartys finden an geheimen Orten statt. Im Wald, in zerfallenen Häusern, in leeren Fabrikhallen und so«, erklärte Fiete. »Das ist der absolute Hammer. In zwei Wochen ist es wieder so weit. Die Planungen stehen. Ich organisiere die Treffen. Das ist mein Job.«

Sie wusste ja bereits, dass Fiete häufig jobbte, aber nicht, was er genau machte.

»Ihr könnt ab jetzt eure Bestellungen aufgeben«, forderte Fiete Bea, Sas und Mike auf.

»Alles, nur kein Adam, Fiete«, schrie Bea gegen die Techno-Musik an. »Sonst werde ich schneller zu Eva, als ich gucken kann.«

»Von mir kriegt keiner gepunchtes Zeug, damit das klar ist«, rief Fiete. »Will meinen Ruf nicht riskieren. Sind immer welche dabei, die es nicht so genau nehmen.«

»GHB.«

»G.«

»Wie immer.«

Celine verstand zwar kein Wort. Aber sie würde schon noch herausfinden, was gemeint war.

*

»Du hast Begriffe wie G, GHB und Adam vorher noch nie gehört?«, wollte Herr Brückner wissen.

Celine schüttelte den Kopf und kam sich mit einem Mal ziemlich blöd vor. Irgendwie hatte sie die ganze Zeit geahnt, dass die anderen Drogen nahmen. Hätte sie sich bloß nicht darauf eingelassen. Dann wäre das Ganze wahrscheinlich nie passiert. Aber sie hatte gar nicht wissen wollen, wie Fiete seine teuren Klamotten finanzierte. Erst jetzt, seit sie im Knast saß und alle Zeit der Welt zum Nachdenken hatte, wurde ihr immer klarer, was für ein mieser Typ Fiete wirklich war. Na supi, dachte sie. Und ich sitze hier in diesem Loch und kann alles alleine ausbaden. Seit sie hier war, verging keine Minute, ohne dass sie sich die Schuld am Tod des Mannes gab. Fietes Gesicht mit den Blutspritzern fiel ihr wieder ein. Es war das letzte Mal, dass sie ihn gesehen hatte. Es war das Gesicht, das sie bis in ihre schlimmsten Träume verfolgte. Sie begann am ganzen Körper zu zittern.

Wie hatte sie nur so blöd sein können? Sie spürte, dass ihre Zähne klapperten und schlang die Arme um ihren Leib.

»Ist alles in Ordnung mit dir?«, wollte Herr Brückner wissen. Seine Stimme klang besorgt.

»Es ... es geht mir echt nicht gut«, sagte Celine. »Können wir für heute Schluss machen?«

Herr Brückner nickte. »Du weißt ja, dass du mir alles schreiben kannst, was dir zu der Sache einfällt.«

*

Fiete bestand darauf, Celine pünktlich um 22 Uhr nach Hause zu bringen. Im Wohnzimmer brannte noch Licht. Die Großeltern saßen vor dem Fernseher.

Fiete klingelte an der Haustür. Nach einer Weile öffnete der Großvater.

»Ich bring Ihnen Ihre Celine heil zurück«, sagte Fiete und lachte.

Der Großvater warf einen Blick auf die Armbanduhr und nickte Fiete anerkennend zu. »Sehr aufmerksam von Ihnen, Herr Janssen. Hatten Sie einen schönen Nachmittag?«

»Es war richtig toll, Opi«, sagte Celine und grinste in sich hinein, weil der Großvater immer Sie zu Fiete sagte.

»Also … einen angenehmen Abend noch«, sagte Fiete. Und an Celine gewandt: »Vergiss nicht, für die Klausur in Gesellschaftskunde zu lernen.«

»Fiete hat eine Menge Verantwortungsgefühl«, meinte der Großvater.

Celine fühlte sich schwindelig und etwas schwummerig von dem Alkohol, den sie getrunken hatte. »Ich geh dann mal ins Bett«, sagte sie schnell. »Euch beiden eine Gute Nacht!«

7.

Am Montag nach der Einladung bei Fiete tauchte ein Mädchen auf dem Schulhof auf und schaute sich suchend in alle Richtungen um. Die grün gefärbten, langen Haare fielen ihr strähnig ins Gesicht. Sie hatte einen Minirock, eine Netzstrumpfhose mit Löchern und eine rosa Felljacke an. Als sie Fiete entdeckte, lief sie auf die Gruppe zu.

»Bist du völlig durchgeknallt, Elli?«, fragte Fiete entgeistert und zog sie von den anderen weg. »Was zum Teufel machst du hier?«

»Ich … ich … brauch was, Fiete … bitte …« Ihre Stimme klang flehend.

»Spinnst du denn komplett?«

»Eh, du verchecksst doch das Zeug.«

»Du bist doch die, die es haben will.«

Die anderen schauten sich seelenruhig weiter Videos auf ihren Smartphones an und unterhielten sich dabei.

»Fietes Freundin?«, wollte Celine wissen und blickte irritiert zu Fiete und dem Mädchen hinüber.

Atze hob den Kopf. »Ne, der hat überhaupt keine Freundin«, sagte er kaugummikauend. Dann wandte er sich wieder dem Video zu.

Keine Freundin. Die Worte hämmerten und dröhnten

wie Techno-Bässe in Celines Kopf. Fiete hatte keine Freundin.

Er war solo.

Solo.

Am Samstag, in zwei Wochen, würde es endlich losgehen. Und der Zufall kam Celine zu Hilfe. Die Großeltern wollten an diesem Wochenende Freunde in Koblenz besuchen. Celine konnte also am Samstag so lange bleiben, wie sie wollte. Mom und Carsten würden bestimmt nichts dagegen haben, dass sie auf eine Party ging.

Arne und Melanie Janssen – Reisejournalisten, gab Celine als Suchbegriff bei Google ein. Sofort erschienen unzählig viele Einträge.

Kinder: Fiete Janssen.

Das mussten sie sein. Den journalistischen Auszeichnungen nach zu urteilen, die über mehrere Seiten gingen, waren Fietes Eltern in ihrem Beruf wahnsinnig erfolgreich. Kein Wunder, dass er unheimlich stolz auf seine Eltern war. Auch wenn er es war, der den Preis dafür zahlen musste. Wie es sich wohl anfühlte, wenn man die meiste Zeit im Jahr von einer Haushälterin betreut wurde und die eigenen Eltern kaum zu Gesicht bekam? Celine scrollte durch die vielen Einträge. Auf einem der Bilder waren die Eltern mit Fiete zu sehen. *Arne und Melanie Janssen mit Sohn Fiete, 10, bei der Verleihung des internationalen Journalisten-Preises in Berlin*

Wenigstens hatten sie ihn als Kind nicht mit der Haushälterin allein gelassen.

Wieder einmal wurde Celine bewusst, wie wenig sie von ihm wusste. Ab wann kannte man eigentlich einen anderen Menschen? Celine spürte ein warmes Gefühl in ihrem Inneren aufsteigen. Sie stellte sich vor, wie sie und Fiete nach der Schule zusammen auf dem Sofa kuschelten, Netflix-Serien guckten und gemeinsam zu Mittag aßen.

Fiete und Celine.

Mega-cool.

Das Handy vibrierte in Celines Jackentasche. Wieder einmal eine WhatsApp aus der geheimen Techno-Gruppe, in der sie nun Mitglied war. In diesem Chat war sie nur eine Nummer unter vielen.

015228817386: Bring XX mit. Du weißt schon.

015254599371: Ohne Zeug läuft nix.

01713920000: Um diese Jahreszeit noch Open Air.

01713920001: Free Open Air

01729968532: Lost Places. Gutshaus.

Fiete war der Admin der Gruppe. Er beantwortete Fragen und stellte Informationen über die Party und den Veranstaltungsort ein.

Celine wurde immer aufgeregter. Was würde an diesem Wochenende auf sie zukommen? Während sie für die Englischklausur lernte, spürte sie ein Kribbeln im Magen. Mit einem Mal konnte sie die anderen verstehen, die den Schulstress nur ertragen konnten, wenn am Wochenende Party angesagt war. »Es erlöst uns aus dem Alltagstrott«, hatte Mike gesagt.

»Es wird ein richtig geiler Trip. DJ Freddi kommt«, hatte Fiete angekündigt. »DER DJ Freddi.«

Bloß nicht anmerken lassen, dass ich von dem noch nie was gehört habe, hatte Celine gedacht. Ich lerne ihn ja auf der Party kennen.

Am Montagmorgen geschah etwas, das Celine sich bisher nur in ihren Träumen vorgestellt hatte. Fiete stand vor dem Eingang zur Schule und wartete auf sie.

»Ich muss mit dir reden. Ich brauche deine Hilfe. Es ist unheimlich wichtig«, sagte er und trat nervös von einem Bein aufs andere.

Sie spürte ihr Herz mit einem Mal schneller schlagen. *Fiete er hat auf mich gewartet er braucht meine hilfe das kann doch gar nicht wahr sein ich glaub ich träume*

»Weißt du noch, als ich das erste Mal bei euch gewesen bin?«, fragte er.

»Ja, klar. Meine Großeltern waren vollkommen begeistert von dir. Sind sie übrigens immer noch. Du hast sie echt beeindruckt.«

»Dann können sie sich also noch gut daran erinnern?«

»So alt, dass sie Gedächtnisausfälle haben, sind die beiden noch nicht.«

Fiete blickte sich nach allen Seiten um. Dann sagte er: »Ich bin in einen ziemlichen Schlamassel geraten. Mich hat angeblich jemand gesehen, wie ich ein Fahrrad geklaut habe.«

»Was!« Celine glaubte, ihren Ohren nicht zu trauen. In letzter Zeit fuhren auffällig oft Polizeiwagen an der Schule vorbei. Ob die Fahrraddiebe der Grund dafür waren? *fiete und ein fahrrad stehlen da ist er doch gar nicht der typ für er hat doch ein auto und jede menge geld von dem er sich alles kaufen kann was er haben möchte*

Fiete warf mit einer schnellen Kopfbewegung die Haare aus dem Gesicht. »Totaler Scheiß! Aber die Polizei will ein Alibi von mir haben. Was soll ich bloß machen?«

»Was können wir für dich tun?«

»Ihr könnt bestätigen, dass ich zu dieser Uhrzeit an dem Tag bei euch war.«

»Kein Problem. Das machen wir gern. Ist ja echt krass, was man dir da anhängen will.«

Fiete strahlte Celine glücklich an. Er griff nach ihrer Hand und drückte sie fest. »Du bist echt mega. Ich wusste einfach, dass ich auf dich zählen kann.« Er holte einen Zettel und einen Stift aus seinem Rucksack und fing an zu schreiben.

14. August, 15 Uhr 30 bis 16 Uhr.

Dann gab er Celine den Zettel.

»Machen wir«, versprach sie ihm. *endlich kann ich mal was für ihn tun und er merkt dass er mir vertrauen kann es war schön wie er meine hand gehalten hat bestimmt ist er auch in mich verliebt und traut sich nur nicht es zu sagen*

Fiete fehlte jetzt öfter in den Kursen. Es war für Celine ein gutes Gefühl, dass sie wusste, was er machte. Als Veranstalter kümmerte er sich darum, dass die Musikanlage, ein Stromgenerator und das Pult für den DJ gemietet und aufgebaut wurden. Auch musste er dafür sorgen, dass es auf der Party genug Getränke gab.

»Bringt euch am besten eigene Getränke mit. Vor allem Eistee und Wasser«, hatte Fiete gesagt. »Es wird dieses Mal nur eine kleine Party mit 40 bis 50 Personen. Zieh dir unbedingt dunkle Kleidung an, Celine.«

Zum Glück passte Celine der schwarze Hoodie noch, den Tanni ihr zum 14. Geburtstag geschenkt hatte, damit sie im Partnerlook in die Schule gehen konnten. Aus dem Wetterbericht wusste sie, dass die Temperaturen an dem Tag, an dem die Party stattfinden sollte, 21 Grad am Tag und 13 bis 14 Grad in der Nacht betragen würden. Der Hoodie, das schwarze T-Shirt und die schwarze Jeans, die sie dazu tragen wollte, waren für diese Jahreszeit genau richtig. Beim Tanzen würde sie den Hoodie einfach ausziehen.

»Tanni hat eben angerufen«, sagte die Großmutter, als Celine zur Tür hereinkam. »Sie hat einen Kunden, der ganz in unserer Nähe wohnt und will demnächst hier vorbeischauen. Freust du dich?«

Celine nickte. »Aber ja, Omi! Und wie!«

Die Großmutter brauchte nicht zu wissen, dass Celine in letzter Zeit kaum noch an Tanni dachte. Es fiel Celine schwer, sich vorzustellen, dass sie vor einiger Zeit gemeinsam mit Tanni K-Pop und BTS gehört hatte. Bei ihren neuen Freunden war K-Pop out und BTS als »Milchbubi-Band« verschrien.

Tanni würde niemals Techno und House hören. »Wenn ich daran nur denke, rollen sich meine Fußnägel auf«, hatte sie Celine letzte Woche per WhatsApp geschrieben. Celine brauchte Tanni also gar nicht erst mitzuteilen, dass sie auf eine Technoparty ging. Sie konnte sich denken, wie die Antwort ausfallen würde. Was wissen wir überhaupt noch voneinander?, dachte sie, als sie den schwarzen Hoodie aus dem Schrank holte. *Wie Zwillingsschwestern sehen wir damit aus,* hatte Tanni gesagt. Früher hatten sie sich alles erzählt. Es gab keine Geheimnisse zwischen ihnen. Vielleicht war Tanni ja mittlerweile auch verliebt. So wie sich Celine in Fiete verliebt hatte. Seit die Realschulzeit zu Ende war, kam es Celine so vor, als wären sie und Tanni von einem riesigen Sturm übers Meer gefegt und an verschiedenen Stränden wieder ausgespuckt worden. Hinzu kam, dass sich die neue Schule für Celine längst nicht mehr so fremd anfühlte wie am Anfang, während die Erinnerung an die früheren Zeiten immer mehr verblasste. Celine zog sich den schwarzen Hoodie an und betrachtete sich im Spiegel. Ob sie Fiete darin gefallen würde?

Nein, Zwillingsschwestern waren Tanni und Celine schon längst nicht mehr.

»Das Alibi von Celine und ihren Großeltern hat's gebracht«, verkündete Fiete, als sie drei Tage später auf dem Schulhof standen. »Bin komplett raus aus der Sache. Das hab ich euch zu verdanken, Celine.«

Die anderen bogen sich vor Lachen. »Fiete und ein Fahrrad stehlen. Ne, so was macht der nicht. Aber klasse, dass ihr ihn rausgehauen habt, Celine.«

Celine stimmte in das Gelächter der anderen mit ein, obwohl sie nicht verstand, was daran so komisch sein sollte. Immerhin war Fiete unter Verdacht geraten. Wenn sie und die Großeltern ihm kein Alibi gegeben hätten, hätte er ganz schön in der Klemme gesessen. Ein Fahrraddiebstahl ist schließlich keine Kleinigkeit, dachte sie.

Am nächsten Tag, als Celine mit den Großeltern in der Küche saß und zu Mittag aß, klingelte es an der Haustür. Draußen stand Fiete. Sein Auto hatte er vor dem Haus geparkt. Er drückte ihr einen Blumenstrauß in die Hand. »Für euch! Danke, dass ihr mir geholfen habt!«

Celine bekam vor Aufregung beinahe kein Wort heraus. »Willst du nicht reinkommen, Fiete?«, fragte sie schließlich.

»Keine Zeit! Muss los! Du weißt schon.«

»Wer ist denn da?«, rief die Großmutter.

»Fiete! Er hat uns Blumen gebracht. Als Dank für das Alibi.«

Die Großmutter kam an die Haustür. »Das ist ja reizend. Was für wunderschöne Blumen! Ich stelle sie gleich in die Vase. Aber das wäre nicht nötig gewesen. Das haben wir gerne für Sie gemacht. Ihnen sieht man auf den ersten Blick an, dass Sie keine Fahrräder stehlen. Außerdem haben Sie ja bereits ein Auto. Sind Sie denn schon 18?«

Celine hielt vor Schreck den Atem an.

»Ich bin mit meinen Eltern viel rumgereist und spät eingeschult worden«, sagte Fiete und lächelte die Großmutter an.

Fiete hat wirklich auf alles eine Antwort, dachte Celine und atmete erleichtert auf. Außerdem hat er es nicht nötig zu klauen. Er hat ja seinen Job.

*

Celine hatte eigentlich überhaupt keine Lust mehr, mit Herrn Brückner zu sprechen. Sie wünschte sich, nie wieder auf dem wackligen Stuhl in dem ungemütlichen Besucherzimmer sitzen zu müssen. Aber ohne Herrn Brückner komme ich hier nie mehr raus, dachte sie. Er war ihr Strafverteidiger. Er konnte ihr helfen. Wenn sie hier jemals wieder rauskommen wollte, musste sie weitermachen.

»Hallo, Celine. Geht es dir besser?«, fragte Herr Brückner.

Celine nickte. Dann begann sie von dem Alibi, das die Großeltern und sie Fiete gegeben hatten, zu erzählen.

»Habt ihr das Datum und die Uhrzeit überprüft?«

Celine schüttelte den Kopf. »Nein, haben wir nicht. Wir haben Fiete vertraut.«

Herr Brückner blätterte in der schwarzen Akte. »Du hattest also keine Ahnung davon, wozu Fiete das Alibi wirklich brauchte?«

Celine blickte Herrn Brückner an. »Echt nicht.«

Wie hatte sie bloß so leichtgläubig sein können? Weder Celine noch die Großeltern hatten Verdacht geschöpft.

»Das glaube ich dir«, sagte Herr Brückner.

*

8.

»Mach dir keine Sorgen, Babe. Ich passe auf dich auf. Ich beschütze dich. Du bist auf der Party nicht allein«, sagte Fiete.

Bei diesen Worten musste Celine gegen die aufsteigenden Tränen ankämpfen. Früher hatte Dad immer auf sie aufgepasst. Bei ihm hatte sie sich beschützt gefühlt, wie bei niemandem sonst. Bei Fiete fühlte sie sich ebenso wohl. Ob es daran lag, dass er ein Jahr älter war? Oder daran, dass die Großeltern Sie zu ihm sagten? Man konnte Fiete nicht mit den Jugendlichen aus der Stufe vergleichen. Nicht nur von der Größe her überragte er sie alle. Er wohnte allein, hatte einen Job und fuhr ein Auto. Und er war unheimlich selbstbewusst. Auf Fiete war Verlass. Er macht das schon, dachte Celine. Ich brauche keine Angst zu haben. Fiete ist bei mir und passt auf.

In der Nacht hatte Celine einen Traum. Sie trug ein langes, rotes Ballkleid. Fiete hatte ein weißes Hemd und eine schwarze Hose an. Sie standen in einem riesigen Saal, Kronleuchter hingen von der Decke, alles war aus Marmor und Gold.

»Wir sind König und Königin für eine Nacht«, flüsterte Fiete ihr ins Ohr und sie begannen zu tanzen.

Es war ein berauschender Tanz, der schwindelig machte und kein Ende zu nehmen schien. Mit einem Mal wurde Fiete weggerissen.

»Fiete!«, schrie Celine. »Fiete!«

Ihre eigene Stimme hatte Celine aus dem Schlaf geschreckt. Der LED-Wecker zeigte 3 Uhr 15. Sie merkte, dass sie schwer Luft bekam. In Gedanken war sie immer noch in ihrem Traum. Der Schreck saß ihr in allen Gliedern. Mit zittrigen Händen schaltete sie das Licht an. Mister Jack sprang aufgeregt in seinem Käfig umher. Er war es nicht gewohnt, mitten in der Nacht geweckt zu werden.

»Mister Jack«, flüsterte Celine. Sie öffnete den Käfig, streichelte sein Fell und spürte seine Wärme. Sie hob ihn hoch und drückte ihn an sich. Langsam verschwanden die Traumbilder. Sie atmete ruhig und tief in den Bauch hinein. Es war nur ein schlimmer Traum gewesen.

Ein Traum.

Das Zittern ließ nach. Sie setzte Mister Jack in seinen Käfig, löschte das Licht und legte sich wieder in ihr Bett.

Wenn nur diese ewige Müdigkeit nicht gewesen wäre, die dafür sorgte, dass Celine jedes Mal beim Lernen fast einschlief. Auch die Pausen, zu denen die Großmutter ihr geraten hatte, halfen nicht weiter. Celine hatte mittlerweile das Gefühl, dass auf all ihren Schulbüchern ein rotes Ausrufezeichen zu sehen war, das sie förmlich ansprang und ihr zurief: Lernen, du musst lernen! Je größer der Druck wurde, desto mehr fieberte sie der Party entgegen.

Im Kunstunterricht mussten sie ein Referat über einen Künstler halten, der in die Kunstgeschichte eingegangen war.

»Ihr könnt zu zweit oder zu dritt arbeiten«, sagte Herr Schmidt.

Fiete meldete sich. »Sas, Celine und ich arbeiten zusammen.« Es klang, als sei es die selbstverständlichste Sache der Welt.

»Ist das für euch auch in Ordnung so?«, fragte Herr Schmidt und blickte Sas und Celine an.

»Klar!«, sagte Sas schnell und Celine nickte.

»Dann schließt euch jetzt in Gruppen zusammen. Wenn ihr fertig seid, teile ich die Themen aus«, sagte Herr Schmidt.

»Marc Chagall – Leben und Werk … Jan und Kati … Frida Kahlo … Leon und Jenny … Pablo Picasso … Anna, Sven und Ole … Kandinsky … Ansgar, Mike und Bea … Albrecht Dürer … Fiete, Saskia und Celine.«

»Das klingt langweilig«, sagte Fiete und Sas kicherte in sich hinein.

»Da wirst du wohl oder übel mal ein Buch über Albrecht Dürer lesen müssen«, sagte Herr Schmidt.

Fiete verdrehte genervt die Augen.

»Wir machen das schon«, sagte Celine. Sie war froh, mit Fiete und Sas zusammenarbeiten zu können. Vor allem mit Fiete.

Aus dem Vernehmungsprotokoll von Ingo Schmidt:

Als der Kurs ein Referat vorbereiten sollte, hatte ich das Gefühl, dass Fiete Saskia und Celine für seine Zwecke regelrecht ausnutzte. Fiete wusste sehr genau, wie er sich Vorteile verschaffen konnte. Mir fiel auf, dass Saskia und Celine sich überhaupt nicht dagegen gewehrt haben, obwohl sie viel Arbeit mit dem Referat hatten und Fiete lediglich die gute Note dafür kassierte. Keine von den beiden hat etwas dazu gesagt.

»Na, klasse, dass ihr den Dürer so interessant findet«, sagte Fiete, als er mit Sas und Celine die Treppe zum Schulhof herunterging. »Mir sagt der Typ nix.«

»Ich kann Carsten fragen, ob er uns hilft. Das ist der Freund meiner Mom. Er kennt sich mit Kunst mega gut aus«, sagte Celine. Wie sehr er mich manchmal damit nervt, behalte ich lieber für mich, dachte sie.

»He, supi«, sagte Sas.

»Was haltet ihr davon, wenn ihr am Samstag um 15 Uhr zu mir kommt? Da bin ich bei Mom und Carsten.« Sie hielt zwei kleine Zettel gegen die Wand und schrieb die Adresse einmal für Saskia und einmal für Fiete auf.

Fiete nahm seinen Zettel und steckte ihn in die Hosentasche.

Er kommt mit Sas zu mir, dachte Celine und spürte ihr Herz schneller schlagen.

*

»Ich war mega froh, dass Fiete und Sas zu mir kommen wollten. Mom und Carsten sollten Fiete endlich kennenlernen. Da hatte ich ja schon eine ganze Zeit lang von geträumt. Aber Sas kam mit dem Fahrrad. Ohne Fiete. Wegen Fietes Job, hat sie gesagt. Carsten war froh, dass er uns helfen konnte. Aber es war furchtbar langweilig ohne Fiete.«

*

»Ich konnte nicht kommen. Ich hab keine Zeit für das Referat. Ich muss mich um den Rave kümmern«, sagte Fiete, als sie auf dem Schulhof standen.

Celine und Sas nickten. »Ja, das verstehen wir gut.«

»Der Freund von Celines Mom ist echt nett. Er hat uns alles erklärt.«

»Könnt ihr nicht alleine weitermachen?«, fragte Fiete.

»Klar, der Rave geht vor«, sagte Sas. »Was wären wir ohne die Partys?«

»Ihr seid echt die Besten«, sagte Fiete und lächelte Sas und Celine an.

wir sind wichtig für ihn und können ihm helfen sas und ich er braucht unsere hilfe wir wollen schließlich raven er muss sich um den rave kümmern der rave ist unheimlich wichtig das haben sas und die anderen auch immer gesagt das ist doch klar dass fiete keine zeit hat aber er hat ja schließlich sas und mich und carsten ist auch eine riesige hilfe er kennt sich damit aus was soll daran verkehrt sein wenn sas und ich fiete helfen?

*

»Wir haben alle drei eine 1 bekommen.«

»Habt ihr euch denn nicht von Fiete ausgenutzt gefühlt?«, wollte Herr Brückner wissen.

»Nein«, sagte Celine. »Sas und ich waren froh, dass wir ihm helfen konnten.«

*

Am Freitagnachmittag packten die Großeltern ihre Koffer, um am Samstagmorgen so früh wie möglich loszufahren.

»Das Haus ist einbruchssicher. Damit du uns nicht geklaut wirst!« Der Großvater lachte.

»Das Wertvollste, was wir haben«, sagte die Großmutter und drückte Celine an sich.

Sofort machte sich ihr schlechtes Gewissen bemerkbar. Sie hatte den Großeltern nichts davon erzählt, dass die Party im Wald gefeiert wurde. Fiete hatte sie um strengste Geheimhaltung gebeten. Celine tröstete sich mit dem Gedanken, dass es für ihre Großeltern bestimmt keinen Unterschied machte, ob die Party in einem Club oder im Freien stattfand.

So fühlte es sich also an, wenn man ganz allein in einem großen Haus war. Ob Fiete sich ohne seine Eltern auch so fühlte? Aber vielleicht hatte er sich längst an diesen Zustand gewöhnt.

Damit die leeren Räume sie nicht länger anschweigen konnten, holte sie ihr Smartphone hervor und steckte sich die Kopfhörer in die Ohren. Dann drehte sie die Musik auf volle Lautstärke. David Guetta. *Baby, don't hurt me.* Sie hatte den Text vor einiger Zeit ins Deutsche übersetzt und in ihr Tagebuch geschrieben:

Was ist Liebe?
Baby, tu mir nicht weh, tu mir nicht weh, nicht mehr.
Was ist Liebe?
Baby, tu mir nicht weh, tu mir nicht weh, nicht mehr.
Was ist Liebe?

Letzte Woche hatte sie sich einen Onlinetest zum Thema *Woran erkennt man, dass man verliebt ist?,* aus dem Internet heruntergeladen. Sie musste fünf Fragen mit JA oder NEIN beantworten:

Bedeutet der andere mir unheimlich viel?

Sind wahre Gefühle im Spiel?

Wünsche ich mir eine Beziehung mit dieser Person?

Liebe ich alles an dieser Person?

Bin ich traurig, wenn die Person nicht da ist?

Celine hatte drei Fragen mit JA beantwortet. Bei zwei Fragen hatte sie nicht gewusst, was sie antworten sollte. Ob *wahre Gefühle* im Spiel waren, konnte sie nicht sagen, weil sie nicht genau wusste, was damit gemeint war. Und ob sie alles an Fiete liebte, konnte sie auch nicht beantworten, weil sie nicht alles von ihm wusste.

er kam in mein leben
wie ein platzregen,
nass bis auf die haut.
regenbogen der liebe.

Gedicht von Celine Bohrmann

Seit sie nicht mehr so gut hören konnten wie früher, hatten sich die Großeltern ein Telefon angeschafft, das mit einer kleinen Lampe verbunden war, die leuchtete, wenn jemand anrief. So konnte Celine trotz der lauten Musik sehen, dass angerufen wurde. Sie schaltete hastig das Smartphone aus und zog die Kopfhörer aus den Ohren. Dann hob sie den Hörer ab.

Mom erkundigte sich nach den Großeltern und nach Celine. »Und bleib nicht länger als 23 Uhr, Celi. Ihr schreibt doch am Montag die Klausur.«

Celine hörte, wie Carsten im Hintergrund sagte: »Mit 16 hab ich auch gerne Partys gefeiert. Das war richtig klasse.«

Er will sich mal wieder bei mir beliebt machen. Bestimmt ist er froh, dass er mit Mom allein sein kann, dachte sie.

*

»Carsten Simons hat bei der Polizei ausgesagt, dass er von Anfang an gewusst hat, dass seine Lebensgefährtin Witwe ist und eine Tochter hat. Er hat sich jedes Mal gefreut, wenn du am Wochenende zu deiner Mutter und zu ihm gekommen bist. Davon, dass er dich loswerden wollte, war von seiner Seite keine Rede. Im Gegenteil – Herr Simons war sehr offen für die neue Lebenssituation, zu der deine Mutter und du gehörten. Er hat sich manchmal gewundert, warum du die Wochenenden nicht mehr bei deiner Mutter verbracht hast.«

*

»Steh pünktlich am Gartentor«, hatte Fiete ihr geraten. »Leo kommt aus Bochum und fährt gegen 22 Uhr mit einem blauen Opel Kadett an eurem Haus vorbei.« Es wäre Celine tausendmal lieber gewesen, wenn Fiete sie abgeholt hätte. Aber er hatte nun einmal mit den Vorbereitungen genug zu tun.

Celine schloss das Gartentor sorgfältig ab. Dann rannte sie auf das Auto zu. In ihrem Rucksack klapperten die Eisteedosen.

»Du musst Leo sein!« Außer Atem ließ sie sich auf den Beifahrersitz fallen. Leo war schon älter, bestimmt über 30. Er hatte weiß-blond gefärbte, sehr kurze Haare und ebenso schwarze Kleidung an wie Celine.

»He … immer mit der Ruhe«, sagte Leo und lachte. »Du

brauchst keine Angst zu haben, etwas zu verpassen. Der Rave dauert bis morgen früh.«

Celine war noch nie auf einer Party gewesen, die so spät am Abend angefangen hatte und bis in den frühen Morgen ging. Wahrscheinlich schlafen die Raver irgendwann im Stehen ein, dachte sie.

Leo warf Celine einen prüfenden Blick zu. »Darf ich wissen, wie alt du bist?«

»16.«

»Immerhin älter als 12«, stellte Leo sachlich fest. »Die Raver werden von Jahr zu Jahr jünger. Open Air ist der beste Weg, um die Clubs und ihre Verbote zu umgehen. Aber man muss vorsichtig sein, dass die Bullen uns nicht hopsnehmen. Das kann richtig teuer werden und im schlimmsten Fall geht man in den Knast.«

Es hörte sich an, als wollten sie keine Party feiern, sondern eine Bank überfallen. Was war in den Clubs verboten, das im Wald erlaubt war?

*

»Ein illegaler Rave ist eine Technoparty, die ohne Genehmigung der Behörden und meist an abgelegenen Orten stattfindet, zum Beispiel in leer stehenden Gebäuden, in Wäldern und auf Feldern«, erklärte Herr Brückner.

Oder in einem alten Gutshaus, dachte Celine.

»Die Partys dauern manchmal mehrere Tage und Nächte.«

»Und warum ist das verboten?«

»Geheime Raves sind in der Regel nicht angemeldet. Solche Veranstaltungen müssen offiziell von den Behörden genehmigt werden. Vor allem, wenn es sich um eine Veranstaltung mit 40 bis 50 Personen handelt. Hat Fiete Janssen dir gegenüber erwähnt, dass es illegal ist, was er macht?«

»Nein, hat er nicht. Er hat mir nur erzählt, dass es sein Job ist, diese Veranstaltungen zu organisieren.«

*

Das musste es sein. Ein Waldstück, nahe der Autobahn, kam in Sicht. »Von hier aus geht es zu Fuß weiter«, sagte Leo und parkte das Auto auf einem angrenzenden Rastplatz. Sie liefen schweigend nebeneinanderher durch den Wald. Nur das Rauschen des Verkehrs war zu hören.

»Gut, dass die Autobahn in der Nähe ist. Das hat der Janssen mal wieder ausgezeichnet organisiert. Da kann man abhauen, wenn die Bullen kommen«, sagte Leo nach einer Weile.

Celine warf ihm einen fragenden Blick zu. *warum sollen wir abhauen warum ist die polizei hinter uns her aber ich frage lieber mal nicht nach sonst merkt leo am ende noch dass ich von nichts eine ahnung habe*

Sie kämpften sich im Dunkeln durch das Unterholz, bis sie den Ort erreicht hatten, an dem der Rave stattfand. Im ersten Moment glaubte Celine ihren Augen nicht zu trauen. Da stand tatsächlich ein altes Gutshaus. Beim Näherkommen merkte sie, dass das Gebäude völlig heruntergekommen war. Das Dach sah aus, als wäre es von Tausenden von Motten zerfressen worden. Sie betraten durch eine morsche Holztür den Keller, in dem getanzt wurde. In Sekundenbruchteilen wurde Celine von dem dröhnenden Bass in Beschlag genommen. Er vibrierte durch alle Glieder. Celine konnte den Rhythmus im Bauch spüren. Das unnachgiebige Wummern wurde von den Wänden zurückgeworfen. Der DJ stand an einem Mischpult am anderen Ende des Raumes, der mit Tanzenden gefüllt war. Es roch nach Schweiß, Zigaretten und Alkohol. Als ihre Augen sich an die Dunkelheit gewöhnt hatten, erkannte sie Sas, Mike und Arne, die in einer Ecke neben dem DJ-Pult standen.

Fiete lief mit einem kleinen, prall gefüllten Plastikbeutel umher. Die Raver scharten sich in kleinen Gruppen um ihn. Sie gaben Fiete mit der Hand Zeichen.

Celine sah, dass Fiete etwas aus dem Plastikbeutel nahm. Die Raver reichten ihm Zehn- und Zwanzig-Euro-Scheine. Sie fühlte sich mit einem Mal müde und wie erschlagen von dem ohrenbetäubenden Lärm und den Eindrücken um sie herum. Überall lag ein unglaublicher Dreck und Müll: Schotter, Zigarettenkippen, leere Flaschen, leere Bierdosen. Nach einiger Zeit konnte Celine den Gestank, die Lautstärke der Musik und die Enge nicht mehr ertragen. Sie ging durch die Holztür hinaus ins Freie, um frische Luft zu schnappen.

9. Draußen war es stockfinster. Ein paar Sterne und der Mond standen am Himmel.

Celine setzte sich auf einen Baumstumpf und stützte den Kopf in die Hände. Was an dieser Party so toll sein sollte, konnte sie nicht verstehen. Ihr Kopf tat weh und ihre Ohren dröhnten von den lauten Techno-Bässen. Spaß sah für sie anders aus.

*

»Am liebsten wäre ich sofort nach Hause gefahren. Aber für Fiete und die anderen war die Party der Höhepunkt der Woche. Wenn ich weiterhin mit ihnen zusammen sein wollte, musste ich bleiben.«

*

»Hier bist du. Ich hab dich die ganze Zeit gesucht.« Fiete setzte sich neben sie. In der Hand hielt er eine Dose mit Eistee und den fast leeren Plastikbeutel.

»Ziemlicher Rummel, was?«, sagte er.

Celine zuckte unschlüssig die Achseln. Schön zu hören, dass er mich vermisst hat, dachte sie.

Die Nachtluft war recht kühl. Gut, dass sie den Hoodie angezogen hatte.

»Du siehst müde aus«, stellte Fiete mit einem Seitenblick auf Celine fest. Er öffnete den Plastikbeutel und holte eine blaue Tablette heraus, die er auf den Baumstumpf legte und mit seinem Taschenmesser geschickt in zwei Hälften teilte. Dann nahm er Celines Hand und bog ihre Finger auseinander. Er legte die eine Hälfte in ihre Handfläche. »Hier, für dich! Geschenk des Hauses.«

»Was ist das?«

»Das nehmen alle hier. Da kommt Stimmung auf.«

Celine zögerte.

»Na los … ist völlig harmlos«, sagte Fiete. »Du glaubst doch nicht, dass ich dich oder andere Leute in Gefahr bringe, oder?«

»Wozu ist das gut?«, wollte sie wissen.

»Das kann man nicht erklären. Das muss man erlebt haben. Vertrau mir einfach, okay?« Fiete hielt ihr die Dose mit Eistee hin und legte den Arm um sie.

Celine war ihm mit einem Mal ganz nah. Sie spürte ein heftiges Kribbeln im Bauch. Es war romantisch, so spät am Abend im Wald neben Fiete zu sitzen. Sie wünschte sich, dass dieser Augenblick ewig dauern würde.

»Du musst sie ja nicht nehmen, wenn du nicht willst«, sagte Fiete.

Celine drehte die halbe Tablette unschlüssig zwischen den Fingern hin und her. Fiete würde ihr und den Ravern bestimmt keine Tabletten geben, die schädlich waren. Sie hatte ja gesehen, dass der Plastikbeutel am Anfang der Party prall gefüllt und mittlerweile fast leer war. Fast alle Raver hatten so eine Tablette geschluckt und offenbar war es ihnen gut bekommen. Warum sollte sie eine Ausnahme sein? Sie griff nach der Dose. Dann legte sie die halbe Tablette auf die Zunge und spülte sie mit einem großen Schluck Eistee herunter.

»Es dauert ungefähr 20 Minuten, bis du was merkst«, sagte Fiete. »Du wirst es nicht bereuen, Celine.«

*

»Auf illegalen Raves werden häufig Partydrogen konsumiert. MDMA, auch bekannt als Ecstasy, Speed und Ketamin. Deshalb finden diese Veranstaltungen im Freien statt. In den Clubs ist der Konsum von Partydrogen verboten. Außerdem führt die Polizei regelmäßig Kontrollen durch. Im Freien, und noch dazu illegal, kommt die Polizei den Dealern so schnell nicht auf die Schliche. Hast du vor diesem Rave schon einmal Erfahrung mit irgendwelchen Drogen gemacht?«

Celine schüttelte den Kopf.

*

Alles fühlte sich plötzlich so anders an. Leicht und schwerelos. Die Gedanken an die Schule, die sie von frühmorgens bis spätabends mit sich herumtrug, waren mit einem Mal weit weg. Sie blickte Fiete an und es kam ihr so vor, als sähe sie ihn zum ersten Mal. »Boah, ist das ein Wahnsinn hier«, rief Celine. »Einfach nur mega!« Die Worte sprudelten förmlich aus ihr heraus. »Schau nur. Alles ist so wunderschön. Der Himmel, die Sterne. Meinst du, dass es da oben Planeten gibt, auf denen Leben ist? Oder sind wir die einzigen Menschen im Weltall? Und wenn uns von oben jemand sieht? Ob wir wie Sandkörner am Meer aussehen?«

Sie sprang auf und zog Fiete am Arm. »Los, wir gehen wieder rein. Tanzen, ich will tanzen!«

»So gefällst du mir schon besser«, sagte Fiete und grinste.

Celine hatte ihre Scheu abgestreift wie eine Haut, die ihr zu eng geworden war. Die dröhnende, laute Musik, der Geruch und die Enge machten ihr plötzlich nichts mehr aus. Die Farben, die sich in der Musikanlage drehten, waren so hell und klar, wie sie noch nie zuvor Farben gesehen hatte. Sie fühlte sich glücklich und frei. Die Bilder aus dem Traum kamen zurück. Fiete und sie waren König und Königin für eine Nacht. Es gab keine Klausuren mehr, keinen Carsten, der langweilige Vorträge über Kunst hielt und zwischen ihr und Mom stand. Alles Schwere in ihrem Leben war wie weggeblasen. Auch die Raver wirkten wunderschön. So wie Celine sie vorher nicht wahrgenommen hatte. Alles war mit einem Mal anders. Sie tauchte in die Musik ein und hatte das Gefühl, mit ihr zu verschmelzen. Die Menschen, die um sie herum waren, kamen ihr seltsam vertraut vor. Sie spürte, wie eine Woge von Liebe und Zuneigung sie überkam.

»Alles klar, Celine?«, fragte Sas, während sie an ihr vorbeitanzte.

»Jaaa!«, brüllte Celine. »Alles klar!« Sie drückte Sas ein Küsschen auf die Backe. Dann tauchte sie wieder in die Musik ein und ließ sich von ihr wegtragen.

»Mann, du bist ja echt voll drauf«, bemerkte Fiete und tanzte um Celine herum.

Wie schön Fiete war. Celine stellte sich vor, wie sie in seine Arme fiel und eng umschlungen mit ihm tanzte. *ich liebe dich fiete ist es nicht wunderbar nur wir beide könig und königin für eine nacht*

»Trink was, Celine. Du musst trinken«, sagte Fiete und zog Celine von der Tanzfläche. »Sonst klappst du am Ende noch zusammen.«

Fiete – er machte sich Sorgen um sie. Aber warum sollte sie etwas trinken? Sie hatte überhaupt keinen Durst. Sie wollte nur noch raven. Es sollte endlos so weitergehen.

Der Morgen dämmerte bereits, aber sie fühlte sich überhaupt nicht müde. Im Gegenteil – sie war hellwach. Leo kam zu ihnen und Celine hörte Fiete sagen: »Nimm Celine mit, wenn du nach Hause fährst. Ich werde hier noch gebraucht.«

»Mach ich. Ich wäre noch geblieben, Fiete. Aber ich hab den Job an der Tankstelle. Um 10 Uhr fängt mein Dienst an.«

»Ist jetzt 5«, sagte Fiete. »Der Rave löst sich eh bald auf.«

Celine schulterte ihren kleinen Rucksack und lief neben Leo her durch den Wald.

»Na, was hast du denn eingeworfen? Speed? Ecstasy? GHB?« Leo lachte. »Den ersten Trip vergisst man nicht mehr.«

Sie fühlte sich so gut wie noch nie zuvor in ihrem Leben. Es war wie ein Rausch. Aber nicht wie beim Alkohol, der sie müde machte. Die Pille machte sie hellwach. Auch ihre Sinne waren geschärfter als sonst. Sie konnte den Wald riechen und hören. Fiete hatte nicht zu viel versprochen. So etwas hatte sie noch nie erlebt.

»Wenn jetzt bloß keine Bullen kommen und Kontrolle machen«, sagte Leo, als sie den Rastplatz erreicht hatten. »Aber den Stoff kann man ohnehin nicht mehr lange nachweisen.«

Celine ließ sich auf den Beifahrersitz fallen. Was meinte Leo damit? Was konnte man nicht nachweisen? Sie blickte seitlich aus dem Autofenster und sah die Dunkelheit an sich vorbeischweben. Fliegen, ich kann fliegen, dachte sie.

Leo ließ sie vor ihrem Haus aussteigen.

»Ich kann dich hier allein lassen?«, fragte er.

Celine grinste. »Sonst noch was?« Sie fühlte sich stark und selbstbewusst.

»Komm gut heim!«, sagte sie und drückte Leo ein Küsschen auf die Wange.

»Ciao, bis zum nächsten Mal!«, rief er ihr zu. Im selben Moment war der blaue Opel Kadett auch schon davongefahren.

*

Herr Brückner blätterte in der schwarzen Akte. »Fiete Janssen war bekannt dafür, dass er mit synthetischen Drogen dealt«, sagte er. »Hat er dir auch welche angeboten?«

»Er hat mir eine halbe Pille gegeben.«

»Hast du dafür Geld an Fiete gezahlt?«

»Nein. Er hat sie mir geschenkt.«

Sie musste an die Hinfahrt denken und daran, dass sie kaum ein Wort mit Leo geredet hatte. Die ganze Zeit hatte sie darüber nachgedacht, was das wohl für eine Party war, die da im Wald stattfand.

Auf dem Rückweg war alles ganz anders gewesen. Sie hatte überhaupt nicht mehr aufhören können, auf Leo einzureden. Es war ihr immer noch peinlich, wenn sie daran dachte.

Die halbe Pille hatte sie völlig verändert.

*

Im Haus war es dunkel und still. Es war halb sechs am Morgen. Celine ging hinüber in die Einliegerwohnung. Sie sah durch das große Fenster in den Garten hinaus und da waren sie wieder, die Elfen, Feen und die verzauberten

Bäume. Es war wie früher, als sie klein war und in dem Garten gespielt hatte. Die Magie war zurückgekehrt.

Eine Woge von Glück durchströmte sie. Alles war so einfach, so mega-easy.

Sie duschte, zog sich Pulli und Jeans an und versorgte Mister Jack mit Futter und Wasser. Dann ging sie zurück ins Haus. Brötchen, dachte sie. Ich muss Brötchen holen.
ich laufe durch den morgen ich schwebe ich kann fliegen alles ist so frisch und neu ich höre die vögel singen wenn es doch immer so bliebe

Nachdem sie die Brötchen gekauft hatte, setzte sie sich an den Schreibtisch, um für die Mathearbeit zu lernen. Ihr Kopf war völlig klar. Sie fühlte sich hellwach, obwohl sie die ganze Nacht getanzt hatte. Wie kann das sein, fragte sie sich. Konnte eine halbe Tablette so viel verändern? Es war Fiete, der ihr diese halbe Tablette geschenkt hatte. Er wollte, dass sie spürte, wie leicht und unbeschwert das Leben sein konnte. Und er hatte recht gehabt. Sie gehörte jetzt dazu, wusste, was die anderen an den Treffen so gut fanden, hatte es selbst erlebt. Sie hatte es Fiete zu verdanken, dass sie sich glücklich fühlte. Er hatte sie beschützt. Sie dachte daran, wie sie auf dem Baumstumpf gesessen und Fiete seinen Arm um sie gelegt hatte. Er hatte ihr eine völlig neue Welt gezeigt.

Wandel

Farben, so hell wie die Nacht.
Liebe, so breit wie der Himmel.
Endloser Tanz
unterm Sternenzelt.
Ein neuer Mensch
taucht auf
in der Morgendämmerung.

Gedicht von Celine Bohrmann

Um 10 Uhr rief Mom Celine auf dem Smartphone an, um sich nach ihr zu erkundigen.

»Ich lerne für die Mathearbeit.«

»Wann hast du denn damit angefangen?«

»Um 8 Uhr.«

»Dann warst du um 23 Uhr gestern Abend zu Hause?«

»Ja! Die Party ging bis 22 Uhr.«

Es fiel ihr schwer, ihre Mutter anzulügen. Aber was sollte sie machen. Was Mom dazu sagen würde, dass die Party bis 5 Uhr morgens gedauert hatte, war nicht schwer zu erraten. *wir gehören jetzt zusammen fiete ich liebe dich noch mehr als vorher und ich weiß dass du mich auch liebst du hast mir die halbe tablette geschenkt und mir deine welt gezeigt weil du willst dass ich mit dir in deiner welt lebe ich kann dir gar nicht sagen was das für mich bedeutet und wie schön alles ist wie ein wunderbarer traum*

Die Rückfahrt von Koblenz war anstrengend gewesen. Die Großeltern waren hungrig und erschöpft. Sie freuten sich über die Brötchen und den gedeckten Tisch.

»Das ist so lieb von dir, Celine«, sagte die Großmutter. »Auf dich können wir uns verlassen.«

»Das ist doch selbstverständlich, Omi.«

Obwohl es mittlerweile 20 Uhr war, fühlte Celine sich immer noch hellwach. Die Großeltern erzählten begeistert von ihren Freunden Norbert und Annemarie und von deren Enkelkindern und hörten Celine zu, als diese von der Party berichtete und davon, wie schön es gewesen war.

»Du kannst dir gar nicht vorstellen, wie sehr Opa und mich das freut, dass du so gute Freunde gefunden hast.«

Auf die Idee, dass Celine bis 5 Uhr morgens getanzt hatte, kamen beide nicht. Wie sollten sie auch? Immerhin hatte sie heute schon für die Mathearbeit gelernt, die Küche aufgeräumt, die Blumen gegossen und das Wohnzimmer gesaugt. Celine blickte auf den Teller mit dem halben Brötchen, der vor ihr stand. Sie traute sich nicht, den Großeltern offen ins Gesicht zu blicken. Sie war bisher immer ehrlich zu ihnen gewesen. In ihrem Magen machte sich ein flaues Gefühl breit. Ich mach das alles nur, weil ich Fiete liebe. Wir gehören jetzt zusammen. Er ist der wichtigste Mensch, den ich auf der Welt habe, dachte sie.

An diesem Abend ging sie zeitig ins Bett, während die Großeltern noch einen Film im Fernsehen anschauten.

»Wir schreiben morgen früh die Matheklausur.«

Die Wirkung der Pille war mittlerweile verflogen. Trotzdem fiel es ihr nicht schwer, sich auf die Aufgaben zu konzentrieren.

Als sie auf den Schulhof kam, stellten sich Fiete, Sas und die anderen im Halbkreis um sie herum.

»Am Wochenende feiern und am Montag die Matheklausur schreiben. Stramme Leistung«, sagte Fiete.

Celine spürte ihr Herz vor Freude bis in den Hals klopfen. *er lobt mich ich hab alles richtig gemacht ich gehöre jetzt dazu hat fiete gesagt und die anderen haben es gehört*

»Ich hab dir eine Pille mitgebracht.« Fiete sah sich unauffällig nach allen Seiten um. »Die kannst du nehmen, wenn du zu müde zum Lernen bist. Schenken kann ich sie dir dieses Mal nicht. Die Pillen gehören Mikki. Ich verkaufe sie für ihn.«

»Was kostet es denn?«, fragte Celine. Das Angebot klang verlockend. »Ich hab noch 40 Euro von meinem Taschengeld«. Sie holte ihr Portemonnaie aus der Manteltasche.

Fiete nickte. »Für 10 Euro bekommst du eine ganze Pille. Du darfst aber auf keinen Fall zu viel nehmen. Nicht zu viel und nicht zu wenig. Nimm am besten die Hälfte davon. Das hat ja auf der Party auch geklappt.«

*

»Du hast Fiete Janssen 10 Euro für die Pille gegeben?«, fragte Herr Brückner.

»Ja«, sagte Celine und nickte. Bescheuert, ich weiß, dachte sie. Aber hinterher ist man wohl immer schlauer.

»Die Produktion einer XTC-Pille kostet den Dealer 20 bis 30 Cent. Fiete konnte sie für 10 Euro verkaufen. Er bezog die Pillen aus den Niederlanden. Dort hatte der Dealer, der sich Mikki nannte, sein Labor. In den Niederlanden sind die Dealer gut vernetzt und die Strafen fallen nicht so hoch aus wie bei uns in Deutschland. Du kannst dir ausrechnen, was dieser Mikki daran verdient hat. Der Verkauf von 100 Pillen brachte ihm 1.000 Euro ein. Bei Großveranstaltungen ließen sich locker 500 bis 1000 Pillen verkaufen. Das wären 5.000 bis 10.000 Euro. Fiete hat ebenfalls gut daran verdient.«

Wahnsinn, dachte Celine.

*

Die Englischklausur stand kurz bevor und Bremchen wollte noch vor den Herbstferien die Deutschklausur schreiben lassen. Das war schon in zwei Wochen. Celines Hände zitterten vor Aufregung, als sie die Pille mit dem Brieföffner, der auf ihrem Schreibtisch lag, vorsichtig in zwei Hälften teilte. So wie Fiete es beim ersten Mal gemacht hatte. Dann goss sie sich ein Glas mit Mineralwasser ein und schluckte sie herunter. Nach 15 Minuten setzte die Wirkung ein und die Müdigkeit war wie weggeblasen. Celine holte ihr Smartphone hervor, um mit Kopfhörern Techno zu hören. Sie begann zu tanzen.

Dann wurde ihr schwarz vor Augen.

Als sie die Augen öffnete, lag sie in den Armen von Tanni, die laut ihren Namen rief: »Celi! Celi, wach auf. Celi, was ist denn los? Celi!«

Wo kam Tanni auf einmal her?

Tanni half Celine aufzustehen und führte sie zu dem kleinen Sofa, das neben dem Bett stand. »Ich war gerade in der Nähe. Da hab ich gedacht, ich schau mal bei dir vorbei. Deine Großeltern haben mich reingelassen. Du hast auf dem Boden gelegen. Was ist denn passiert?«

Celine hätte ihre beste Freundin beinahe gar nicht mehr erkannt. Die schulterlangen Haare waren bis zum Kinn geschnitten und sie hatte einen Nasenring. »Du siehst so anders aus, Tanni«, sagte Celine. Ihre Zunge fühlte sich trocken und schwer an.

Tanni nahm Celine die Kopfhörer ab und setzte sie sich auf. »Techno! Seit wann hörst du denn so was?«

Fiete und die anderen fahren nun einmal total darauf ab, dachte Celine. Sie spürte ein flaues Gefühl im Magen. Bloß nicht darüber nachdenken. Warum hatte sie auf dem Boden gelegen? Ob die halbe Pille schuld war? Sie spürte einen Lachreiz in sich aufsteigen, der immer heftiger wurde. »Tanni, klasse, dass du da bist«, prustete sie und dachte: Das ist gelogen. Ich hab sie nicht eingeladen. Celine sprang auf und begann durch die Einliegerwohnung zu gehen. »Ist der Garten nicht wunderschön?«

Tanni stellte sich neben sie und sie blickten eine Weile auf die uralten Bäume.

»Echt schön!«, sagte Tanni.

Celine fing an zu lachen und konnte nicht mehr aufhören.

»Alles o.k. mit dir, Celi?«

»Ja! Alles supi!«

Sie setzten sich wieder auf das kleine Sofa. Tanni holte ihr Smartphone heraus. Sie zeigte Celine die Homepage, die sie für ihren Kunden entworfen hatte. »Mein erster Auftrag. Und? Wie findest du es?«

»Cool!«, sagte Celine.

»Die Ausbildung macht so viel Spaß. Einfach mega!«

»Ich muss viel lernen«, sagte Celine.

Der Lachreiz war verschwunden. Stattdessen hatte sie das Gefühl, sich bewegen zu müssen. *wenn ich die halbe pille genommen habe kann ich nicht ruhig sitzen bleiben aber davon versteht tanni nichts sie war noch nie auf einer technoparty und pillen genommen hat sie auch noch nie sie hätte es bestimmt nicht mitgemacht und wäre wieder die spielverderberin gewesen*

»Mit deinen Noten schaffst du die Erprobungsstufe doch locker«, sagte Tanni.

»Ich muss besser werden. Viel besser«, sagte Celine.

Tanni schaute sie erstaunt an.

Celine sprang auf und fing an zu tanzen.

10.

Der Sommer war inzwischen in den Herbst übergegangen. Die Blätter der Bäume waren rot und gelb gefärbt.

»Tanni hat mir erzählt, dass du jetzt für Techno-Musik schwärmst. Sie hat sich darüber gewundert«, sagte Mom. »Ihr habt doch sonst immer ganz andere Musik gehört.«

Celine gab keine Antwort. Jetzt höre ich das, was Fiete und die anderen cool finden, dachte sie.

Was war an dem Nachmittag überhaupt passiert? Sie versuchte krampfhaft, sich an Einzelheiten zu erinnern. Sie hatte eine halbe Pille geschluckt ... Tanni war gekommen ... sie hatte in ihrem Arm gelegen ... auf dem Boden ... wie war sie dahin gekommen?

Früher hatte Celine meist nur das getan, was Tanni vorgeschlagen hatte. Die beliebte Tanni, die stets einen flotten Spruch auf den Lippen hatte, während Celine den Mund nicht aufbekam. Seitdem sie nicht mehr zusammen in die Schule gingen, hatte sich Celine verändert. Sie hatte jetzt Freunde, die sie zu geheimen Partys einluden. Sie war in Fiete verliebt. Sie gehörte dazu, war keine Außenseiterin mehr. Warum hatte Tanni Mom alles erzählt? Celine mischte sich ja auch nicht in Tannis neues Leben ein. Ob Tanni dachte, dass sie immer noch über Celine bestimmen konnte? Wann hatten sie aufgehört Best Friends Forever zu sein?

Fiete! Wäre sie jetzt bloß bei ihm.

das leben leben,
in zwei hälften zerbrochen
eine gefangen im trott,
und eine frei wie ein vogel,
der von oben
auf alles herabsieht,
der ausgang aus
dem labyrinth
zwischen zwei bäumen
ein weg.

Gedicht von Celine Bohrmann

»Hörst du mir überhaupt zu?«, fragte Mom. Celine schreckte hoch.

»Wo bist du bloß immer mit deinen Gedanken? Sigbert soll ein Blutbild machen. Vielleicht hast du Eisenmangel. Das hatte ich in deinem Alter auch oft.«

Der 72-jährige Dr. med. Sigbert Berger war der Hausarzt von Celine und Mom, die ihn beim Vornamen nannte und nichts auf ihn kommen ließ. Dad hatte oft darüber gelacht und den Arzt ›Vaterersatz‹ genannt, obwohl Mom einen Vater hatte. Celines Opa Kurt. Auch wenn sie ihn nicht so oft zu Gesicht bekam, weil er vor über 20 Jahren nach Australien ausgewandert war, um dort mit Oma Gerda zwischen Kängurus und Wombats seinen Lebensabend zu verbringen.

»Ich brauche keinen Arzt«, sagte Celine. »Ich bin nicht krank.«

»Tanni sagt, du hast auf dem Boden gelegen, als sie reinkam.«

»Quatsch.« Von wegen BFF. Verhielt sich so eine beste Freundin? Wütend verschränkte Celine die Arme über der Brust. »Das stimmt nicht«, sagte sie.

»Ach! Und warum hast du dort gelegen?«

»Mister Jack ist frei herumgelaufen. Ich wollte nicht, dass er die Stromkabel anknabbert. Mir ist schwindlig geworden, als ich unter das Sofa geguckt habe.«

»O.k., Celi. Ich glaube dir. Aber Vertrauen ist gut, Kontrolle ist besser.« Moms Stimme klang streng.

»Ecstasy ist im Blut nur 24 Stunden nachweisbar«, hatte Fiete gesagt. Trotzdem spürte Celine, wie ihr bei dem Gedanken, irgendetwas könne durch den Bluttest herauskommen, der Schweiß ausbrach. *am krassesten ist cannabis das kann man 30 tage lang im blut nachweisen wenn man es regelmäßig raucht hat fiete gesagt ecstasy bis zu 24 stunden fiete ist so cool er kennt sich damit aus*

Aus dem Vernehmungsprotokoll von Dr. med. Sigbert Berger:

Ja, ich kenne Anja und Celine sehr gut, da ich seit vielen Jahren der Hausarzt der Familie Bohrmann bin. Ich habe auch den verstorbenen Ehemann gekannt. Anja hatte schon immer großes Vertrauen zu mir. Deshalb habe ich mich auch nicht gewundert, als sie mich im Oktober letzten Jahres angerufen und mir erzählt hat, dass sie sich Sorgen um Celine mache. Eine ehemalige Schulfreundin, Tanni, hat Anja erzählt, dass Celine ohnmächtig auf dem Boden der Einliegerwohnung gelegen habe, in der sie bei den Großeltern lebte. Ich wusste aus den Gesprächen mit Anja, dass Celine gerade erst von der Realschule aufs Gymnasium gewechselt war.

»Ob das am Ende alles zu viel für sie ist, Sigbert?«, hat Anja mich gefragt und ich habe zu ihr gesagt: »Komm am besten mal mit Celine in die Praxis.«

Wir haben einen Termin vereinbart und Anja ist mit Celine zu mir gekommen.

Das Mädchen wirkte an diesem Tag sehr verschlossen, regelrecht in sich gekehrt. Ich hatte den Eindruck, dass sie am liebsten aufstehen und davonlaufen würde. Sie hat mich in der halben Stunde, in der sie bei mir war, mindestens dreimal gefragt:

»Musst du mir Blut abnehmen, Sigbert? Ist das unbedingt notwendig?«

»Ja, ich kann sonst nicht feststellen, ob alles mit dir in Ordnung ist, Celi.«

»Ach, meine Mutter übertreibt mal wieder. Da ist echt nichts.«

Celine hat als Kind nie Probleme bei Untersuchungen gemacht. Warum wehrte sie sich auf einmal gegen eine Routineuntersuchung? An Drogen habe ich überhaupt nicht gedacht. Das hätte ich Celine auch nicht zugetraut. Das Blutbild hat auch keinerlei Auffälligkeiten gezeigt. Trotzdem habe ich gedacht: »Irgendwas stimmt nicht mit Celi. Ich habe es aber Anja gegenüber nicht erwähnt, da sie sich ohnehin immer viel zu viel Sorgen um ihre einzige Tochter gemacht hat.

Sie hatte eine 2- in der Mathearbeit.

Eine 2-!

»Ich finde es fabelhaft, dass du solche Fortschritte machst, Celine«, sagte Herr Frings. »Weiter so! Ganz ausgezeichnet.«

Fiete und Sas drehten sich zu ihr um. »Wow, Celine!«, sagte Sas und Fiete lachte. »Da hat sich aber jemand verbessert.«

Herr Frings schüttelte ärgerlich den Kopf. »Was ist denn daran so lustig? Fiete! Saskia! Ihr habt dieselbe Note. Aber ruht euch nicht darauf aus. Sonst hat euch Celine bald überholt.«

»Machen wir nicht, Herr Frings!«, sagte Fiete. Er streckte die Beine aus und verschränkte die Arme über der Brust.

Celine wusste genau, wem sie ihre Traum-Note zu verdanken hatte.

Fiete!

»Wartest du bitte nach der AG auf mich? Ich möchte kurz mit dir sprechen«, sagte Frau Bremer.

Celine spürte ihr Herz bis in den Hals klopfen. Hoffentlich hatte Bremchen nichts gemerkt. In letzter Zeit hatte Celine ständig Angst davor, es könnte herauskommen, dass Fiete ihr Pillen verkaufte. Mittlerweile nahm sie eine halbe Pille in der Woche.

Sie musste 20 Euro im Monat für die zwei Pillen zahlen. Das ließ ihr Taschengeld ziemlich schrumpfen.

*

»Hat Fiete Drogen auf dem Schulhof verkauft?«

»Nein, das nicht. Es gab einen Treffpunkt, den alle kannten. Der Stadtpark auf der Augusta Straße.«

»Erzähl weiter«, sagte Herr Brückner, während er sich Notizen machte.

*

»Es geht um deine Gedichte«, sagte Frau Bremer und Celine atmete erleichtert auf. »Die haben mich richtig begeistert. Zum Beispiel dieses Gedicht hier … du schreibst, dass sich *ein Fenster öffnet und die Hoffnung ein Licht im Haus gegenüber ist.* Eine sehr schöne Beschreibung. Du hast Talent, Celine.«

»Oh, vielen Dank, Frau Bremer.«

»Ich möchte ein paar Gedichte von dir in unserem Weihnachtsbüchlein abdrucken. Dann kannst du es dieses Jahr verschenken. Auch eine Weihnachtslesung in der Aula würde ich gerne mit euch veranstalten. Was hältst du davon?«

»Klasse, Frau Bremer!«

Celine hatte sich auf der ersten Lesung nicht getraut, das Gedicht *»Zwei Welten«* vorzutragen.

Mittlerweile wusste sie ja ganz sicher, dass Fiete solo war. *fiete dieses gedicht hab ich nur für dich geschrieben weil ich mich in dich verliebt habe als ich dich zum ersten mal gesehen habe was er wohl sagen wird wenn er das hört?*

Fiete fehlte seit zwei Tagen in den Kursen. Ob er krank geworden war?

»Kann jemand bei Fiete vorbeischauen und ihm die Arbeitsblätter bringen?«, fragte Herr Frings.

»Mach ich!«, sagte Sas.

»Er soll sich die Integralrechnungen von letzter Woche noch einmal genau anschauen. Sag ihm das bitte!«

Das hätte ich doch auch machen können, dachte Celine. Aber sie war zu schüchtern gewesen, um sich zu melden.

»Wo ist Fiete denn?«, fragte sie, als sie mit den anderen auf dem Schulhof stand. »Ist er krank?«

»Ne. Der bereitet den Rave vor, der am Wochenende vor den Herbstferien startet«, sagte Mike. »Das wird diesmal eine Mega-Sache. In einem alten Bunker. Du bist doch wieder mit dabei, oder?«

»Ja, klar!«, sagte Celine.

*

»Wolltest du auf diesen Rave gehen?«

»Ja, ich wollte dorthin. Unbedingt. Um in Fietes Nähe zu sein.«

*

So viel Glück wie an dem Wochenende, als ihre Großeltern verreist waren, würde sie diesmal nicht haben. Sie überlegte, ob sie am Samstagabend heimlich aus dem Fenster der Einliegerwohnung steigen und am Sonntagmorgen zurückkommen sollte. Was, wenn die Großeltern aus irgendeinem Grund noch einmal nach ihr sehen wollten? Sie würden sich furchtbare Sorgen machen. Aber sie wollte auf jeden Fall dabei sein. Ständig musste sie daran denken, wie Fiete beim ersten Rave im Wald neben ihr gesessen und den Arm um sie gelegt hatte. Dann hatte er ihre Hand genommen und die halbe Pille hineingelegt. In Celines Gedicht hieß es nicht umsonst: *zwischen zwei bäumen. ein weg.* Fiete hatte ihr einen Weg gezeigt, der das Lernen leichter machte.

»Das ist ja großartig, Celi. So gut bist du noch nie in Mathe gewesen«, sagte Mom. »Das muss ich gleich Carsten erzählen. Der wird sich auch freuen und wie.«

Celine zuckte die Schultern. »Opi hat mir geholfen.«

»Ja, dein Opa ist der allerbeste Mathelehrer. Da können wir froh sein, ihn zu haben. Aber du lernst auch viel, haben Opa und Oma mir erzählt.«

»Ja, das stimmt«, sagte Celine.

Nur gut, dass Mom nichts von den Pillen wusste. Celine konnte die ganze Nacht lernen und am nächsten Morgen zur Schule gehen. Die ständige Müdigkeit war wie weggeblasen. *das ist doch ein anderes leben als nur pauken pauken pauken hat fiete gesagt und er hat wie immer recht gehabt nichts ist mehr wie vorher alles ist bunt lustig und schillernd ich weiß jetzt was die anderen an den partys so toll finden ich gehöre dazu*

»Über 500 Raver nehmen dieses Mal am Rave teil«, sagte Fiete.

Der Dreck und die Enge, die im alten Gutshaus geherrscht hatte, fiel Celine wieder ein. Trotzdem spürte sie die Aufregung und die Vorfreude in sich wachsen. Sie wollte unbedingt dabei sein.

»Was soll ich denn meinen Großeltern und Mom sagen, wo ich die ganze Nacht bin?«

»Wir behaupten einfach, dass Sas Geburtstag feiert und du bei ihr übernachten darfst«, schlug Fiete vor. »Danach sind Herbstferien, Babe. Da kannst du doch wohl mal woanders schlafen.«

Die Idee ist richtig gut, dachte Celine. Früher hatte sie oft bei Tanni übernachtet. Am Wochenende und in den Schulferien. Mom hatte es jedes Mal erlaubt.

Celine blickte Sas an. »Wollen deine Eltern nicht wissen, wo du das Wochenende verbringst?«

»Nö«, sagte Sas. »Meine Mutter hat gesagt, wenn die Noten stimmen und ich zweimal in der Woche auf meine kleine Schwester aufpasse, kann ich am Wochenende machen, was ich will. Und mein Vater bekommt es nicht mit. Der ist mehr im Büro als zu Hause.«

Wenigstens lebt er noch, dachte Celine.

»Wir nehmen diesmal Eintritt. 15 Euro pro Person«, sagte Fiete.

»Wow«, bemerkte Mike. »Ist echt 'ne Menge, Fieti.«

»Logisch! So ein Mega-Rave kostet eben. Mein Team hatte viel Arbeit mit den Vorbereitungen.«

Celine würde Mom bitten, ihr das Taschengeld für den nächsten Monat schon jetzt zu geben. Damit sie ein Geburtstagsgeschenk für Sas kaufen konnte. Das kommt hin, dachte sie.

»Fiete will, dass Sas im Organisatoren-Team mitarbeitet«, sagte Bea, als sie die Treppe zum Schulhof hinuntergingen. »Ich glaube, zwischen den beiden läuft was.«

Celine spürte einen leisen Stich in der Magengegend. Sas und Fiete. Irgendwie hatte sie so was schon geahnt. In letzter Zeit hingen die beiden ständig zusammen.

»Wundert mich nicht, dass es zwischen denen gefunkt hat. Fiete kann sich total auf Sas verlassen«, sagte Bea.

Auf mich kann er sich auch verlassen, dachte Celine und nahm sich fest vor, auf der Weihnachtslesung »*Zwei Welten*« vorzutragen. Dann war es endlich kein Geheimnis mehr, dass sie sich in ihn verliebt hatte. Was er wohl dazu sagen würde?

»Dein Taschengeld für den nächsten Monat«, sagte Mom und gab Celine 50 Euro.

»Das ist echt lieb von dir.«

»Es freut mich doch, dass du bei den anderen so beliebt bist, Celi.«

»Ich kaufe für Sas einen Gedichtband. Sie liebt Gedichte.«

*

»Klar hatte ich gemerkt, dass ich meine Mom und meine Großeltern ständig belügen musste, seit ich Fiete und die anderen kannte. Das ist mir auch nicht leichtgefallen. Obwohl alle immer gesagt haben, dass gar nichts dabei sei. Sas belog ihre Eltern auch ständig, weil sie ihre Mutter nicht misstrauisch machen und sich lästige Diskussionen ersparen wollte. Welche Eltern hätten es auch so einfach hingenommen, dass ihre Tochter auf einen Rave ging, der irgendwo im Wald stattfand und Pillen nahm, um die ganze Nacht durchtanzen zu können. Was wäre passiert, wenn ich Mom die Wahrheit gesagt hätte?«

»Dann würde Herr Sanders mit großer Wahrscheinlichkeit heute noch leben«, sagte Herr Brückner.

*

11.

Celine hatte eine kleine Reisetasche gepackt, in der ein Schlafanzug, Wäsche zum Wechseln, Zahnputzbecher und Waschzeug waren, damit die Großeltern keinen Verdacht schöpften. In einen kleinen Rucksack hatte sie die Sachen gepackt, die sie auf der Party brauchte. Die Reisetasche würde sie im Kofferraum von Fietes Auto lassen.

»Um 9 Uhr bin ich am Sonntag wieder da. Dann können wir zusammen frühstücken«, sagte Celine und drückte die Großmutter an sich.

Es klingelte und Fiete kam, um sie abzuholen.

»Ich wünsche euch viel Spaß auf der Geburtstagsfeier.« Die Großmutter winkte ihnen fröhlich hinterher.

Fiete hatte sein Auto diesmal nicht vor dem Haus, sondern eine Straßenecke weiter abgestellt. Sas saß auf dem Beifahrersitz. Celine reichte Fiete die Reisetasche. Er öffnete den Kofferraum und legte sie hinein. »Oder willst du im Schlafanzug raven, Babe?«

»Ne, bestimmt nicht.« Celine grinste und setzte sich auf die Rückbank.

»Es ist jetzt 14 Uhr. Der Rave geht erst in acht Stunden so richtig los. Um 22 Uhr.«

»Wir können ja solange Geburtstag feiern. Mit Topfschlagen, Krümelkuchen und Blinde Kuh spielen wie meine kleine Schwester«, sagte Sas.

Fiete brach in schallendes Gelächter aus. »Lasst uns zu mir nach Hause fahren«, sagte er dann. »Ruth hat einen Gemüseeintopf und Würstchen fürs Wochenende gekocht. Wir essen noch was und um 17 Uhr fahren wir los.«

»Supi! Klasse Idee, Fiete!«, sagte Sas.

Es hat auch Vorteile, dass seine Eltern nicht da sind, dachte Celine.

Fiete stellte eine Flasche Cola und drei Gläser auf den Tisch.

Celine wunderte sich, dass niemand Alkohol trinken wollte.

»Wegen der Pillen«, sagte Fiete. »Die sollte man ohne Alkohol nehmen. Sonst kippt man am Ende noch um.«

Mir ist es auch lieber so, dachte Celine. Sie mochte sowieso keinen Alkohol. Aber das sagte sie nicht laut.

Sie aßen jeder zwei Teller von dem Gemüseeintopf und dazu die Würstchen mit Ketchup.

»Ruth kann mega gut kochen«, sagte Sas. »Wir haben schon oft zusammen zu Mittag gegessen, Fiete und ich.«
wir essen zusammen wenn wir aus der Schule kommen ruth hat gekocht wir kuscheln auf dem sofa und schauen netflix celine und fiete ohne Sas wir haben uns und das reicht sagt fiete zu mir wir beide forever

»Die Nebelmaschine wird dieses Mal eingesetzt«, sagte Fiete während der Fahrt. »Und Rainer als DJ ist einfach Spitzenklasse. Auf so einem großen Rave braucht man einen Top-Typen wie ihn. Weißt du noch, als wir im Sommer vor einem Jahr auf dem Rave waren, Sas? Und DJ Rainer diese Wahnsinnsstimmung verbreitet hat?«

»Ach ja, stimmt. Daher kenne ich ihn«, sagte Sas. »Das war so cool!«

»Und Ingo erst … der ist ja auf dem Rave völlig durchgeknallt. So kannte ich ihn gar nicht.«

Sas lachte. »Ja klar … stille Wasser sind tief.«

Wie vertraut sie miteinander umgehen, dachte Celine. Sie fühlte sich, als ob sie gar nicht vorhanden wäre, während Sas und Fiete darüber sprachen, was sie schon alles erlebt hatten.

Bisher hatte sie Sas nicht als Konkurrentin empfunden, sondern als Freundin. Plötzlich fühlte es sich anders an.

Auch der Bunker lag im Wald, dicht an der Autobahn. Die dicken Mauern waren mit Graffiti vollgesprüht. Der Dreck und der Müll, der überall herumlag, kam Celine nicht mehr so schlimm vor wie beim ersten Mal. Ihr Kopf schmerzte und als sie den Keller des Bunkers betrat, hielt sie kurz die Luft an, damit ihr von dem Gestank nicht übel wurde. Um die ganze Nacht raven zu können, hatte sie eine ihrer Pillen in zwei Hälften geteilt und eine halbe mitgenommen.

Um 22:15 Uhr war der Keller bereits so überfüllt, dass Raver sich an Raver drängte. Und es wurden immer mehr.

Celine geriet in Panik. Sie hatte Fiete, Sas und die anderen in dem Gedränge aus den Augen verloren.

»Ready to rave?«, fragte der DJ und legte los.

Celine dagegen begann, gegen Übelkeit und stechende Kopfschmerzen anzukämpfen. Sie hatte Angst, sich übergeben zu müssen und zwängte sich vorsichtshalber durch die Menschenmassen ins Freie. Nachdem sich ihre Augen an die Dunkelheit gewöhnt hatten, sah sie, dass neben der Bunkermauer jemand am Boden lag. Es war ein Mädchen. Höchstens 13 oder 14 Jahre alt. Celine kniete sich neben sie.

»Alles o.k.? Geht's dir nicht gut?«, fragte sie und kam sich gleichzeitig ziemlich blöd vor. Man sah schließlich auf den ersten Blick, wie schlecht es ihr ging.

Celine zog das Mädchen am Arm, der schlapp nach unten hing.

Ihr Gesicht war ganz blass.

»Hilfe«, schrie Celine. »Hilfe.«

Aber wer sollte sie hören? Celine spürte, wie ihr der Schweiß ausbrach. Sie rannte zurück in den Keller. Winken, dachte sie und hob beide Arme. Ich muss winken. Einer der Raver tanzte auf sie zu.

»Hilfe«, brüllte Celine gegen die ohrenbetäubenden Bässe an. Vor Aufregung hätte sie fast geweint. Der Raver tanzte an ihr vorbei. Er war völlig weggetreten und schien sie nicht zu bemerken. Es kam ihr vor, als ob er durch sie hindurchsehen würde. Sie zwängte sich durch die Massen und hielt einen Raver am Arm fest. Dann zeigte sie auf die Treppe, die zum Ausgang des Bunkers führte. Er verstand nicht, was gemeint war. Celine merkte, dass die Panik sie überkam. Was sollte sie jetzt machen? Der DJ, dachte sie. Ich muss den DJ dazu bringen, dass er die Musik anhält.

Celine drängte sich weiter durch die Menge. Dann stellte sie sich neben das DJ-Mischpult und zeigte auf den Ausgang vom Bunker. Der DJ blickte konzentriert auf sein Mischpult.

»Hilfe«, schrie Celine. »Hilfe! Ich brauche Hilfe.«

Ihre Worte wurden von dem unglaublichen Lärm, der um sie herum herrschte, verschluckt.

Die Musik muss aufhören zu spielen, dachte sie. Sie wusste von den Gesprächen, die Fiete und sein Orga-Team geführt hatten, dass es ein Notstromaggregat gab. Es würde also keinen Sinn machen, den Stecker zu ziehen.

Plötzlich stand Fiete neben ihr.

fiete gott sei dank du bist da

»Was machst du hier?«, brüllte er. »Was ist los?«

Celine zeigte auf ihren Mund und dann zum Ausgang.

Sie schoben sich durch die tanzende Menge nach draußen.

Als der Lärm kaum noch zu hören war, rief Celine: »Da!« Sie zeigte auf das Mädchen.

»Oh, Shit!«, brüllte Fiete. »Die ist abgeschmiert. Gib ihr was zu trinken. Damit sie wieder zu sich kommt. Ich hol den Tobi raus. Der kennt sich mit Erste Hilfe aus.«

Celine nahm ihren kleinen Rucksack vom Rücken, zog hastig die Wasserflasche heraus und hielt sie dem Mädchen an den Mund. Sie schien zu schwach zum Trinken zu sein.

Das Wasser lief ihr seitlich am Mundwinkel wieder heraus.

Im selben Moment kam Fiete mit Tobi zurück, der sich sofort neben das Mädchen kniete und es in die stabile Seitenlage brachte. Dann nahm er ihren Arm, um den Puls zu fühlen.

»Da ist gar nichts mehr«, stellte er fest.

»Notarzt und Krankenwagen!«, schrie Celine. Sie begann in ihrem Rucksack nach dem Smartphone zu suchen. Tobi tippte sich an die Stirn. »Bist du komplett bescheuert?«, schrie er. »Der Doc ruft sofort die Bullen. Die sprengen den Rave, bevor er richtig angefangen hat.«

In Celines Kopf überschlugen sich die Gedanken. Das Mädchen … es … brauchte dringend Hilfe. Ihre Zähne klapperten vor Aufregung und Kälte.

Jemand kam auf sie zugerannt. Celine erkannte die Frau, die die Getränke verkaufte.

»Was ist mit dem Mädchen passiert?«, fragte sie. »Kann ich helfen?«

»Wir machen das schon«, sagte Fiete zu der Frau. »Geh du zurück zu den Getränken. Wir haben schließlich keine Selbstbedienung.« Die Frau zögerte kurz. Dann drehte sie sich um und lief auf den Bunker zu.

Im selben Moment sah Celine Sas, die auf sie zukam. »Wir bringen sie erst einmal weiter weg und rufen dann den Krankenwagen. Was meinst du, Fiete?«, fragte Sas.

»O.k., sonst sind die Bullen im Nullkommanichts hier und alles fliegt auf.«

Celine merkte, dass sie vor lauter Panik keine Luft mehr bekam. Fiete und Sas wollten das Mädchen irgendwo hinbringen. Wohin, wenn nicht ins Krankenhaus?

Fiete legte den Arm um sie und begann mit sanfter Stimme auf sie einzureden. »Bleib ruhig, Celine! Es passiert nicht zum ersten Mal, dass jemand auf G abschmiert.«

Was ist G?, dachte Celine.

Mit vereinten Kräften hoben sie das Mädchen auf und trugen es zu Fietes Auto. Sie klappten die Sitze nach vorn und legten es auf die hintere Bank.

Hoffentlich geht es gut, dachte Celine, während das Auto davonfuhr.

Hoffentlich.

Bevor sie zurück in den Keller ging, holte sie die halbe Pille aus ihrem kleinen Rucksack und schluckte sie mit Mineralwasser herunter.

*

»Du hast mich gefragt, warum illegale Raves verboten sind«, sagte Herr Brückner. »Wenn in einem Tanzclub jemand kollabiert, weil er eine Überdosis Drogen genommen hat, ist der Notarzt sehr schnell da. Wenn so etwas im Wald und noch dazu an einem geheimen Ort passiert, dauert es endlos lange, bis der Rettungsdienst eingetroffen ist. Ich habe schon Leute verteidigt, die anderen G ins Glas geschüttet haben, um sie willenlos zu machen. Man kennt G auch unter dem Begriff K.-o.-Tropfen. Das Gefährliche daran ist, dass

man G ganz genau dosieren muss. Schon ein Tropfen zu viel kann zum Tod führen.«

*

Nachdem sie die halbe Pille geschluckt hatte, waren die Gedanken an das bewusstlose Mädchen verschwunden. Celine mischte sich unter die Raver. Sie hatte jedes Gefühl für Zeit verloren. Die grellen Farben, die Nebelanlage, die von Zeit zu Zeit alles in einen weißen Dunst hüllte, der Krach und der Gestank störten sie plötzlich nicht mehr. Alles war so wunderschön wie beim ersten Mal. Sie fühlte sich selbstbewusst und voller Energie.

Irgendwann kamen Fiete und Sas zurück und fingen an zu tanzen, als wäre nichts geschehen.

Um 8 Uhr am Morgen packte Fiete seine Sachen ins Auto. »Wir fahren zurück«, sagte er zu Sas und Celine.

»Shit, sind wir schmutzig!«, meinte Sas mit einem Blick auf Fiete und Celine.

»Hier gibt es kein fließendes Wasser«, sagte Fiete. »Ihr könnt euch bei mir waschen.«

»Sind deine Eltern immer noch nicht da?«, fragte Celine.

»Sie kommen jetzt doch erst Anfang Dezember zurück.«

Celine hätte gerne auf dem Beifahrersitz, neben Fiete, gesessen. Aber Sas hielt ihr die Tür zur Rückbank auf,

thienemann verlage

ALEXANDRA FLINT

SILENT SECRETS

»Weil wir alle lose Buchstaben in einem großen Buch sind, Remy. Nichts als einzelne, belanglose Lettern. Solange, bis wir Worte daraus formen und ihnen eine Bedeutung geben. Und du … du bist diese Bedeutung für mich. Du bist in jedem einzelnen meiner Worte.«

LUST AUF MEHR?

Erfahre hier alles rund um die knisternde Romantasy von Remy und Kasimir

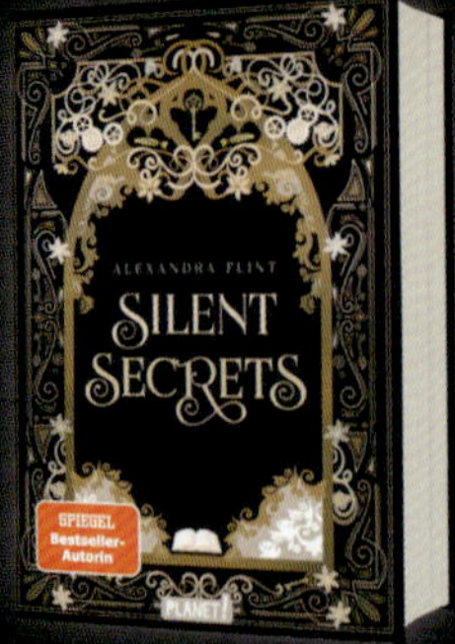

Lieblingsbücher fürs Leben.
www.thienemann.de

ISBN 978-3-522-50836-0
Erscheint am 27.09.2024

Motiv: E. Stern © Planet! in der Thienemann-Esslinger Verlag GmbH, Stuttgart

als wäre es die selbstverständlichste Sache von der Welt. Während der Fahrt sprudelten die Worte nur so aus Celine heraus.

»Was ist mit dem Mädchen passiert? Was ist G? Habt ihr sie ins Krankenhaus gebracht? Wie geht es ihr jetzt?«

Das kam von der halben Pille. Beim ersten Mal war es nicht anders gewesen.

Sie fühlte sich anderen Menschen so eng verbunden, wie sie es ohne Ecstasy noch nie erlebt hatte. Auch das Reden fiel ihr dann nicht schwer. Es war für sie plötzlich kein Problem mehr, Dinge preiszugeben, die sie außer Tanni noch niemandem erzählt hatte.

gemeinsam
zwei herzen werden eins.
dein atem – mein atem.
durch deine augen
sehen.

Gedicht von Celine Bohrmann

»Hast du wieder deine Quasselphase?«, fragte Fiete.
Celine lachte und konnte nicht mehr aufhören.

Sas verdrehte die Augen. »Wie viel Ecstasy hast du eingeschmissen? Eine … zwei … drei Pillen auf einmal?«

»Eine halbe«, sagte Celine.

»Irre«, sagte Sas. »Für so einen Lachflash brauch ich mindestens zwei Stück.«

Die halbe Pille in der Woche kostet schon genug, dachte Celine.

Sie holte das Smartphone aus dem kleinen Rucksack, um ihre Großeltern anzurufen. »Omi! Wir haben verschlafen … ich komm um 10 Uhr … super … ihr wartet so lange mit dem Frühstück auf mich …«

»Lass mich mal«, sagte Fiete. Er nahm eine Hand vom Lenkrad und streckte sie nach hinten aus. Celine legte das Smartphone hinein. »Frau Bohrmann … wir sind spät aufgestanden … ja, ich bringe Celine vorbei … Sas hat ja nur einmal im Jahr Geburtstag … alles klar … Sie sind klasse, Frau Bohrmann.«

*

»Fiete konnte die Menschen um den Finger wickeln«, sagte Celine, während Herr Brückner sich Notizen machte. »Ohne ihn hätte es die illegalen Raves nicht gegeben. Er verkaufte die Pillen an uns. Es hing alles von Fiete ab. Ich fand es stark, wie er alles auf die Reihe bekam. Ich hatte noch nie eigenes Geld verdient und bewunderte ihn dafür. Meine Großeltern haben Fiete und seine Lügen nicht durchschaut.«

»Warum hast du ihnen nichts gesagt?«, wollte Herr Brückner wissen. »Du wusstest doch, dass Fiete noch nicht 18 war und keinen Führerschein hatte.«

»Ich war froh, dass ich mit ihm zusammen sein konnte.«

*

12.

Es war dunkel und still in der Wohnung. Nur das Ticken der Wanduhr war zu hören. Fiete zog die Rollladen hoch und öffnete ein Fenster. Frische Morgenluft strömte herein.

»Sas kann sich oben waschen, Celine hier unten«, sagte er.

»Mach ich, Fiete«, meinte Sas. »Sonst wird meine Mutter am Ende noch misstrauisch und will wissen, wo wir waren.«

Celine wäre auch gern nach oben gegangen. Sie war neugierig, wie es wohl in Fietes Zimmer aussah. Sas. Immer nur Sas, dachte sie. Sie wusste alles über ihn. So oft, wie sie schon bei ihm gewesen war. Sie kannte seine Eltern. Und Celine?

Fiete zeigte Celine das Badezimmer. Er gab ihr ein frisches Handtuch und zog die Tür zu. Celine schaute in den großen Spiegel, der über dem Waschbecken hing und zuckte vor Schreck zusammen. Ihr Gesicht sah noch verdreckter aus als das von Sas und Fiete. Ihre blonden Haare, die sie zu einem Pferdeschwanz gebunden hatte, waren fast schwarz. Als wäre sie durch einen Schornstein gefallen. Zum Glück hatte sie schwarze Kleidung an. Da fiel der Dreck nicht auf. Fiete hatte recht. So schmutzig konnte man auf einer Geburtstagsfeier, die in einer Wohnung stattgefunden hatte, unmöglich werden. Gut, dass er daran gedacht hatte und sie sich bei ihm waschen konnten.

Das Badezimmer war nass und schmutzig, als Celine fertig war. »Macht nichts«, sagte Fiete. »Ruth putzt morgen die beiden Bäder. Wofür haben wir die Frau sonst?« Er machte eine wegwerfende Handbewegung. Respekt schien Fiete vor der Haushälterin, die sich die ganze Woche um ihn kümmerte, nicht zu haben. Aber auf seine Eltern ließ er nichts kommen. Auf der Weihnachtslesung werde ich sie endlich kennenlernen, dachte Celine. *hallo ich bin celine ich bin fietes freundin ja das wundert mich nicht dass sie mich nicht kennen ich bin neu auf das gymnasium gekommen und es hat gleich gefunkt zwischen fiete und mir*

Fiete hielt das Auto vor dem Haus von Celines Großeltern an. Er holte die Reisetasche aus dem Kofferraum und drückte sie Celine in die Hand.

»Hier. Und immer schön aufpassen, dass du dich nicht verplapperst«, sagte er und grinste. Dann fuhr er mit Sas auf dem Beifahrersitz davon.

Während des Frühstücks fing plötzlich Celines Nase an zu bluten. Schnell legte sie den Kopf in den Nacken und griff nach ihrer Serviette. Die Großmutter lief ins Badezimmer und kam mit einem nassen Waschlappen zurück, den sie Celine aufs Gesicht drückte. Nach einer Weile hörte das Nasenbluten auf. Merkwürdig, dachte Celine. Das ist bisher noch nie passiert.

»Halb so wild«, sagte die Großmutter. »Das kann vorkommen.«

Celine räumte das Geschirr in die Spülmaschine und ging dann hinüber in die Einliegerwohnung. Sie legte sich auf das kleine Sofa und schlief sofort ein. Als die Großmutter sie um 13 Uhr weckte, weil das Mittagessen fertig war, hätte sie am liebsten weitergeschlafen.

»Habt ihr Alkohol getrunken?«, fragte die Großmutter.

Celine druckste eine Weile herum. »Ja, Omi, Sas hat mit Sekt auf ihren Geburtstag angestoßen.« *mann ich komme aus dem lügen nicht mehr heraus aber was soll ich omi sagen bestimmt nicht die wahrheit und schon gar nicht dass ein mädchen umgefallen ist auf dem rave*

»So müde wie du bist, war das ja nicht schwer zu erraten.« Die Großmutter lachte.

Warum wirkt die halbe Pille plötzlich nicht mehr? Dachte Celine. Sonst war sie davon immer hellwach geblieben.

»Mach nicht so ein ernstes Gesicht, Kind. Solange ihr es nicht übertreibt mit dem Alkohol ist das in Ordnung«, sagte die Großmutter und drückte Celine an sich.

In der Nacht schreckte Celine aus dem Schlaf, weil sie furchtbaren Durst hatte. Sie schaltete das Licht an und ging hinüber in die Kochnische, um den kleinen Kühlschrank zu öffnen, den die Großeltern nicht mehr brauchten, seit sie sich eine moderne Gefrierkombination gekauft hatten. Celine nahm eine Mineralwasserflasche heraus und schenkte sich ein Glas davon ein. Aber der Durst verschwand nicht. Vor allem ihre Zunge fühlte sich trocken an. Sie setzte die Flasche an die Lippen und trank sie halb leer. Bestimmt lag es daran, dass sie die ganze Nacht durchgetanzt und kaum etwas getrunken hatte. Sie stellte die halbvolle Mineralwasserflasche wieder in den Kühlschrank, schaltete das Licht aus und legte sich in ihr Bett.

Am nächsten Morgen, als sie beim Frühstück saßen, las der Großvater aus der Zeitung vor:

> In der Nacht von Samstag auf Sonntag ist eine Dreizehnjährige bewusstlos in einem Waldstück an der Autobahn A43 aufgefunden worden. Zuvor hatte ein anonymer Anrufer den Notruf gewählt. Die Rettungskräfte brachten das Mädchen ins Krankenhaus, wo es in der Nacht verstarb. Es wird vermutet, dass das Mädchen Partydrogen genommen hat.

Die Großmutter machte ein betroffenes Gesicht. »Dreizehn«, sagte sie. »Hast du gehört, Celine? Das Mädchen, das gestorben ist, war nur drei Jahre jünger als du.« Celine bemühte sich krampfhaft darum, sich nichts anmerken zu lassen.

Tot.

Das Mädchen war tot.

»Das war ja noch ein halbes Kind«, sagte der Großvater und schüttelte den Kopf. Wie schrecklich für die Eltern.«

»Ich verstehe nicht, was die Leute denken, die so ein Zeug verkaufen«, sagte die Großmutter.

»Da geht es nur ums Geld, Ilse. Um viel Geld. Drogen sind ein Millionengeschäft.«

»Ich muss jetzt los«, sagte Celine. Sie wischte sich mit ihrer Serviette den Mund ab und küsste die Großeltern zum Abschied auf die Wange. Dann zog sie in der Diele ihren Mantel an, nahm den Rucksack, schloss das Fahrrad auf, das in der Garage stand und machte sich auf den Weg zur Schule.

Unterwegs spürte Celine, wie Panik sich in ihr breitmachte und sie keine Luft mehr bekam.

Tot.

Das Mädchen war tot.

Celines Dad war gestorben, weil er schwer krank war. Die Großeltern würden irgendwann sterben, weil sie schon sehr alt waren. Das Mädchen war mit 13 Jahren gestorben.

In der großen Pause konnte Celine endlich mit Fiete, Sas und den anderen sprechen.

»In der Zeitung steht, dass das Mädchen gestorben ist. Sie soll Partydrogen genommen haben.« Sie spürte ihr Herz bis in den Hals klopfen. Fiete, dachte sie. Was, wenn er derjenige ist, der dem Mädchen Pillen verkauft hat?

»Was macht die mit 13 überhaupt auf dem Rave?«, fragte Mike.

»Von mir hat sie keine Pillen bekommen«, sagte Fiete. »Ich verkaufe nichts an Kinder.«

Celine atmete auf. Es durfte einfach nicht wahr sein, dass Fiete etwas damit zu tun hatte. Sie wusste, dass er Ecstasy-Pillen an die Raver verkaufte. Aber war er auch schuld am Tod des Mädchens? Das konnte sie sich beim besten Willen nicht vorstellen.

»Die ist auf G abgeschmiert«, sagte Sas. »Das kriegt man in jedem Baumarkt und billig ist es auch. Ein Liter kostet 100 Euro. Um draufzukommen, braucht man nur ein paar Tropfen davon.«

»Die Druffis sind voll druff«, sagte Mike und lachte, obwohl die ganze Angelegenheit alles andere als lustig war.

»Was ist G?«, wollte Celine wissen.

»Graffitireiniger, den man mit Eistee vermischt und trinkt«, sagte Sas. »Das gibt einen Mords-Trip.«

Bea verzog das Gesicht. »Nur ein Tropfen zu viel ins Glas und du schmierst ab. Das Mädchen hat irgendwas falsch gemacht. Woher soll sie auch wissen, wie es geht?«

»Wir haben sie an die Autobahn gelegt und mit dem Prepaid-Handy den Krankenwagen gerufen. Damit sich die Nummer nicht zurückverfolgen lässt«, sagte Fiete.

»Der Krankenwagen war ziemlich schnell da. Wir haben die Blaulichtsirene noch gehört, bevor wir gefahren sind«, sagte Sas.

»Vielleicht hatte sie ein schwaches Herz«, meinte Bea.

»Ich hab nichts damit zu tun«, sagte Fiete. »Ich kannte das Mädchen überhaupt nicht.«

Nie wieder werde ich an einem illegalen Rave teilnehmen, dachte Celine.

Nie wieder.

*

»Die Drogenfahnder hatten Fiete Janssen schon seit einiger Zeit im Visier«, sagte Herr Brückner. »Er war nicht wegen eines Fahrraddiebstahls in Verdacht geraten. Fiete war der Polizei immer mal wieder in Zusammenhang mit Drogen aufgefallen, die er an Minderjährige verkaufte. Er ist dabei von einigen Leuten gesehen worden. Aber er hat alles abgestritten und sich ein Alibi verschafft.«

Celine traute ihren Ohren nicht. Fiete hatte sie und ihre Großeltern angelogen. Und sie hatten ihm ein wasserdichtes Alibi gegeben.

*

Das letzte Wochenende in den Herbstferien verbrachte Celine bei Mom und Carsten. Ihre Mutter hatte darauf bestanden. »Du bist schon so lange nicht mehr bei uns gewesen, Celi. Carsten und ich wissen ja kaum noch, wie du aussiehst.«

Am Samstagnachmittag schickte Mom sie zum Supermarkt, weil Carsten Spaghetti Bolognese zum Abendessen kochen wollte. Der Weg führte durch das Industriegebiet, an Celines früherer Realschule vorbei. Ein leichter Nieselregen fiel. Vor dem Zaun, der das Schulgelände umgab, blieb sie eine Weile stehen. Sie krallte die Hände in den grünen Maschendraht und blickte auf das Gebäude mit den orangefarbenen Fenstern. Schuhschachtel, hatten sie die Realschule immer genannt. Eigentlich war die Abschiedsfeier noch gar nicht lange her. Kaum zu glauben, was seitdem alles passiert war: Die neue Schule, die Großeltern, bei denen sie jetzt wohnte, Mom und ihr Freund Carsten, Tanni, die nicht mehr ihre Besti war, Fiete, in den sie sich verliebt hatte, geheime Raves, das tote Mädchen, an das sie ständig denken musste. Sie merkte, dass sie am ganzen Körper zitterte. Tränen liefen ihr übers Gesicht, tropften auf ihre Hände und vermischten sich mit dem Nieselregen.

13.

»Tanni hat Anja erzählt, dass du neuerdings Techno- und Housemusik hörst«, sagte Carsten, während er mit Celine im Wohnzimmer saß und in der Küche die Spaghetti auf dem Herd kochten. Tanni, warum konnte die nicht ihre Klappe halten?

»Techno ist doch cool«, sagte Celine und konnte nicht verhindern, dass ihre Stimme gereizt klang.

»He, alles gut. Ich find das auch klasse«, sagte Carsten. »Techno war zu meiner Zeit, als ich so alt war wie du, eine neue Musikrichtung, die uns begeistert hat. Man sagte auch ›Friede-Freude-Eierkuchen-Bewegung‹ dazu. Es gab in meiner Klasse keinen, der davon nicht mitgerissen wurde.«

»Echt jetzt?«, fragte Celine. »Du hast auf Techno gestanden?«

Celine blickte Carsten an, als sähe sie ihn zum ersten Mal.

»Kraftwerk, Robot Dance, die ganze Nacht durchtanzen. Die elektronische Musik war vor dreißig Jahren eine Jugendbewegung und absolut in. Wir haben in den Clubs stundenlang getanzt.« Er stand auf und machte die roboterhaften Bewegungen nach. Es sah komisch aus. Steif und abgehackt.

Celine kriegte sich vor Lachen nicht mehr ein. »Und warum sagte man ›Friede-Freude-Eierkuchen-Bewegung‹ dazu?«, fragte sie.

»Weil es eine friedliche Musikrichtung ist. Die friedlichste, die es überhaupt gibt. Man nennt Techno auch die ›Musik der Liebe‹«, sagte Carsten und schenkte sich ein Glas von dem Mineralwasser ein, das auf dem Wohnzimmertisch stand. Er trank einen Schluck, bevor er weitersprach. »Die Love-Parade in Berlin, Menschen aus allen Nationen, deren Botschaft die Liebe ist. Das hat die Jugend mitgerissen und begeistert.«

Es war das erste Mal, dass Celine nicht genervt von Carstens Vorträgen war. Im Gegenteil – sie fand es richtig spannend. »Erzähl weiter«, sagte sie.

Mom streckte den Kopf zur Tür herein. »Na, ihr beiden. Ihr versteht euch ja prächtig.«

»Ich erzähle Celine gerade, wie vor 30 Jahren meine Jugend verlaufen ist. Als ich 15 war.«

Mom lachte und drohte scherzhaft mit dem Finger. »Na, hast du mir bisher etwas verschwiegen, mein Schatz?«

»Du hast ja noch nie danach gefragt, Anja«, sagte Carsten und sie mussten alle drei lachen.

Es wurde ein gemütlicher Abend mit Spaghetti-Essen und interessanten Gesprächen. Celine staunte, als sie erfuhr, dass nicht nur Carsten, sondern auch Mom vor 30 Jahren elektronische Musik gehört hatte.

»Ja, Celi, damals war diese Musikrichtung völlig neu.

Wir haben stundenlang getanzt. Wie bist du denn drauf gekommen?«

Celine war froh, dass sie mit Mom und Carsten über die Musik, die Fiete, Sas und Gruppe hörte, sprechen konnte.

»Die anderen finden das absolut hip«, sagte sie.

»Hab ich mir schon gedacht«, sagte Mom. »Neue Schule, neue Freunde, neue Musik.«

*

»Ja, die Beziehung zu Carsten war viel besser geworden, seit er mir von seiner Jugend und der Techno-Musik erzählt hatte. Es hat mir leidgetan, dass ich ihn zuerst wegen seines Aussehens nicht gemocht hatte.«

»Hast du Carsten auch von den Pillen erzählt oder ihn gefragt, ob er in seiner Jugend Pillen genommen hat?«

Celine schüttelte den Kopf. »Was denken Sie denn? Dann hätte es Mom erfahren und was die dazu gesagt hätte, ist nicht schwer zu erraten.«

Sie hatte beim besten Willen keine Lust mehr, ständig mit Herrn Brückner in diesem Besucherzimmer, in dieser bedrückenden Enge, vor diesem wackligen Holztisch zu sitzen. Aber wenn er sie verteidigen wollte, musste sie ihm alles erzählen. So, wie es gewesen war. Am liebsten hätte sie alles vergessen. Wäre es doch nur nie passiert, dachte sie.

*

Die Bäume waren inzwischen fast kahl und es war kälter geworden. Die Luft roch so, als würde es bald schneien und die Weihnachtslesung rückte in schnellen Schritten näher. »Am besten trägst du drei Gedichte von der Liebe vor«, sagte Bremchen. »Sie bilden einen Zyklus, dem du einen Namen geben kannst.«

Celine wurde einen Moment lang ganz steif vor Schreck. Sie sollte drei Gedichte lesen. Was Fiete wohl sagen wird, wenn er diese Gedichte hört?, dachte sie. Er kann ja gar nicht mehr anders als verstehen, dass er gemeint ist. »Regenbogen der Liebe«. So werde ich den Zyklus nennen.

Am Abend googelte sie im Internet nach einem Onlinetest zum Thema: »Woran erkenne ich, dass er mich mag?« Von den vielen Fragen, die sie fand, suchte sie sich drei heraus:

Treffen sich eure Blicke?

Berührt er dich?

Denkt er ständig an dich?

Woher soll ich wissen, ob er an mich denkt, fragte sich Celine. Aber ich weiß, dass ich ständig an ihn denke. Ja, er hat mich berührt. Auf beiden Raves hat er den Arm um mich gelegt. Unsere Blicke treffen sich sehr oft. Auf dem Schulhof und in den Kursen. Vielleicht empfindet er dasselbe für mich und hat nicht den Mut, es mir zu sagen. Bestimmt wird alles anders, wenn er weiß, wie ich für ihn empfinde.

In der Nacht vor der Lesung lag Celine stundenlang wach und dachte darüber nach, was Fiete nach der Lesung wohl zu ihr sagen würde. Sie nahm sich fest vor, jetzt keinen Rückzieher mehr zu machen. *du hast dich in mich verliebt warum hast du denn nie was gesagt ich liebe dich auch die ganze zeit hab ich nur an dich gedacht und wie ich es dir sagen kann und sogar gedichte für mich hast du geschrieben wow du bist einfach klasse celine*

Beinahe hätte Celine Carsten gar nicht erkannt, so schick hatte er sich für die Lesung gemacht. Tanni und Celines Großeltern waren dieses Mal nicht dabei. Aber Celine hatte Tanni auch nicht eingeladen und die Großeltern bekamen an diesem Wochenende einen Gegenbesuch von Norbert und Annemarie, den Freunden aus Koblenz. Da diese mit dem Zug kamen, wollte der Großvater sie am Nachmittag vom Bahnhof abholen.

Fiete und seine Eltern standen neben dem Rednerpult und unterhielten sich mit Bremchen. Celine fiel auf, dass Fiete einen Kopf größer war als seine Mutter, während sein Vater ebenso groß war wie er. Sie ging näher heran, um verstehen zu können, worüber sie sprachen.

»Fietes Beiträge in der Kreativschreiben-AG sind richtig gut«, sagte Bremchen zu Herrn und Frau Janssen. »Er arbeitet immer ganz toll in der AG mit und …«

»Das kann ich mir vorstellen«, fiel Herr Janssen Bremchen ins Wort. »Fiete ist schon in der Grundschule Klassenbester gewesen.«

»Ist doch so, Fiete, oder nicht?«, fragte seine Mutter. Sie legte Fiete den Arm um die Hüfte und drückte ihn an sich.

Er schreibt richtig tolle Gedichte und Geschichten, dachte Celine. Aber es gibt einige in der AG, die besser sind als er. Simone zum Beispiel. Die schreibt mit ihren 16 Jahren schon an einem Buch. Oder Hannes, der zwei Gedicht-Wettbewerbe für Jugendliche ab 16 gewonnen hat. Das Bild, das Herr und Frau Janssen sich von ihrem Sohn machten, kam Celine ein bisschen übertrieben vor. Aber wahrscheinlich hielten alle Eltern ihre eigenen Kinder für die Besten.

Fiete strahlte in die Runde, während Herr und Frau Janssen Bremchen erzählten, was sie in Norwegen gesehen und fotografiert hatten. »Stellen Sie sich vor. Die Bilder erscheinen im nächsten Jahr in einem internationalen Reisemagazin. Wir können Ihnen gar nicht sagen, wie sehr wir uns darüber freuen, Frau Bremer.«

Bremchen nickte anerkennend. »Herzlichen Glückwunsch! Da kann Fiete auf seine Eltern stolz sein.« Sie warf einen schnellen Blick auf ihre Armbanduhr. »Nehmen Sie doch Platz! Die Lesung geht jetzt los!«

Herr und Frau Janssen setzten sich in die dritte Reihe und nahmen Fiete in die Mitte.

Celine spürte ihr Herz wie wild klopfen. Nun gab es kein Zurück mehr.

»Das Thema ›Liebe‹ gehört zu den ältesten in der Literaturgeschichte«, leitete Bremchen Celines Gedichte ein. »Auch in unserer Gegenwart hat Shakespeares Tragödie ›Romeo und Julia‹ nicht an Bedeutung verloren. In den Gedichten, die Sie nun hören, beschreibt ein junges Mädchen seine Gefühle zu einem jungen Mann. Sie hören Celine Bohrmann mit ihrem Gedichtzyklus ›Regenbogen der Liebe.‹«

Unter dem Applaus der Gäste gab Bremchen das Rednerpult für Celine frei.

Celine stand auf, um nach vorne zu gehen. Ihre Beine fühlten sich wie Wackelpudding an. Hoffentlich falle ich nicht um, dachte sie. Zuerst lese ich das Gedicht, das ich extra für ihn geschrieben habe.

Sie spürte, dass die Blicke der Gäste auf ihr ruhten.

zwei welten

in meiner welt dreht sich alles
um ihn.
schwindlig vor glück. er ist ahnungslos.
nur eine frage kann uns
vereinen –
liebst du mich auch?

Sie machte eine Pause, holte tief Luft und blickte die Zuhörer an. Fiete hatte die Beine ausgestreckt und die Arme über der Brust verschränkt. Ob er etwas gemerkt hatte? Celine konnte seinen Gesichtsausdruck nicht richtig erkennen. Sie las das zweite Gedicht, das davon handelte, wie Fiete in ihr Leben gekommen war:

regenbogen der liebe

er kam in mein leben
wie ein platzregen,
nass bis auf die haut.
regenbogen der liebe.

Fiete sprach leise mit seiner Mutter und seinem Vater. Dann verschränkte er wieder die Arme über der Brust und blickte zum Rednerpult.

Celine las das dritte Gedicht, das sie nach dem ersten Rave geschrieben hatte:

Wandel

Farben, so hell wie die Nacht.
Liebe, so breit wie der Himmel.
Endloser Tanz
unterm Sternenzelt.
Ein neuer Mensch
taucht auf
in der Morgendämmerung.

Die Gäste applaudierten. Celine machte den Platz am Rednerpult für Bremchen frei.

»Vielen Dank an Celine Bohrmann! Sie hören nun moderne Gedichte von Saskia Hoffmann und danach Gedichte von Fiete Janssen und Arne Kuhnen.« Wieder applaudierten die Gäste. Sas kam nach vorne und Celine setzte sich neben Mom und Carsten.

Mom streichelte ihren Arm. »Prima gemacht! Klasse, Celi!«, flüsterte sie ihr ins Ohr.

Carsten hob anerkennend den Daumen.

Wäre die Lesung doch bloß schon vorüber. Sie wollte endlich mit Fiete sprechen. Ob er etwas gemerkt hatte? Ihr Herz schlug ihr fast bis zum Hals.

Endlich war Bremchen bei der Schlussrede angekommen. »Die Kreativschreiben-AG und ich wünschen Ihnen und Ihren Lieben ein wunderschönes und harmonisches Weihnachtsfest und ein glückliches neues Jahr.«

Die Gäste applaudierten, standen auf und strömten langsam aus der Aula. Celine hatte Mühe, Fiete und seine Eltern nicht aus den Augen zu verlieren.

Sie standen vor dem Eingang zur Schule. Es schneite. Die Straßen und Autos waren schon ganz weiß.

»Liebe ist ein Thema, das immer aktuell ist«, sagte Frau Janssen im Vorbeigehen zu Celine. »Das hast du gut herausgearbeitet.«

»Meine Tochter schreibt schon Geschichten und Gedichte, seit sie lesen und schreiben kann«, sagte Mom.

»Meine Frau und ich sind Reisejournalisten«, sagte Herr Janssen. »Das Schreiben liegt bei uns in der Familie.«

»Na, dann wissen wir ja, von wem Ihr Sohn das Talent hat«, sagte Mom. »Seine Gedichte haben mir übrigens sehr gut gefallen.«

»Danke schön, Frau Bohrmann. Darüber freuen mein Mann und ich uns natürlich sehr. Ach, da ist ja auch Saskia!«, sagte Frau Janssen. Sas kam zu ihnen. Frau Janssen nahm sie in den Arm und drückte sie an sich. »So lange habe ich dich nicht gesehen!«

»Keine Angst! Ich passe gut auf Fiete auf, wenn ihr nicht da seid«, sagte Sas und grinste.

»Das ist so lieb von dir … was würde Fiete ohne dich machen?«

Sas, immer nur Sas, dachte Celine. Gegen die Beziehung, die zwischen ihr, Fietes Eltern und Fiete herrschte, würde sie niemals ankommen. *als ich Celi zum ersten mal gesehen hab hat es gleich gefunkt und ihr ging es nicht anders ach ihr habt gehofft dass es zwischen saskia und mir was geben kann ... sorry ... nun gibt es celi*

»Frohe Weihnachtstage«, riefen Herr und Frau Janssen Celine, Carsten und Mom zu. Dann gingen sie und Fiete die Straße runter.

»Ich würde ja gerne wissen, wer der Typ ist, in den du dich verliebt hast?«, sagte Sas. »Kennen wir ihn? Du hast mich echt neugierig gemacht.«

»Kommst du bitte, Saskia!« Zu Celines großer Erleichterung drängte die Mutter von Sas zum Aufbruch.

»Ich muss los, schöne Weihnachten«, sagte Sas, ohne Celines Antwort abzuwarten.

Sas hat gemerkt, dass ich mich verliebt habe, dachte Celine. Nur Fiete nicht. Dabei hatte Celine so sehr gehofft, dass er ihre Gedichte verstehen würde. Sie bemühte sich ja auch, seine zu verstehen. Vor Enttäuschung hätte sie am liebsten geweint. Ich hab alles falsch gemacht! Warum hat er denn nicht gemerkt, dass er gemeint ist?

»He, warum bist du so schweigsam, Celi? Nach so einen Auftritt solltest du vor Freude singen. Wir sind wahnsinnig stolz auf dich.« Mom drehte sich zu Celine, die auf dem Rücksitz saß und gähnte. »Da ist aber jemand müde«, sagte Mom und lachte.

»War ja ein langer Tag und anstrengend«, sagte Carsten, der am Steuer saß und sich auf den Verkehr konzentrierte. »Kein Wunder, dass sie uns unterwegs einschläft.«

Celine hätte ihn am liebsten umarmt. Mom ging den Dingen gerne auf den Grund. Gut, dass Carsten eine Erklärung für Celines Müdigkeit gefunden hatte. Sonst wäre Mom am Ende noch misstrauisch geworden und Celine hätte ihr erzählt, dass sie wegen Fiete die halbe Nacht nicht geschlafen hatte.

14.

Am 24. Dezember kamen Mom und Carsten zu den Großeltern. Sie brachten zwei Tüten mit Geschenken mit.

Die Großeltern und Celine hatten den großen Wohnzimmertisch festlich gedeckt. Aus dem Radio erklangen Weihnachtslieder. Es war wie früher, als Dad noch lebte.

Ich mag Carsten, dachte Celine. Aber Dad kann er nicht ersetzen.

Celine bekam von Mom und Carsten den Pullover und die Hose geschenkt, die sie sich gewünscht hatte, weil Fiete die Sachen in einem Geschäft gesehen hatte und irre cool fand, und dazu 100 Euro. »Wir wissen gar nicht mehr richtig, wofür du dich eigentlich interessierst«, sagte Mom. »Von dem Geld kannst du dir selbst etwas kaufen.«

fiete fand die hose mega und den pulli absolut cool deshalb hab ich mom die sachen auch im schaufenster gezeigt als wir in der stadt waren super dass sie das nicht vergessen hat

»Vielen Dank, das ist echt so lieb von euch.« Celine umarmte und küsste Mom und Carsten. Sie hatte ein schlechtes Gewissen, weil sie von dem Geld Pillen kaufen wollte. Mittlerweile nahm sie eine ganze Pille in der Woche. Die 50 Euro Taschengeld reichten gerade mal so aus.

Da war es ein großes Glück, dass die Großeltern ihr nicht nur einen Füller und einen Kugelschreiber, auf dem ihr Name stand, geschenkt hatten, sondern auch noch 100 Euro.

»Wie stolz wir auf deine guten Noten sind, kannst du dir gar nicht vorstellen, Celi«, sagte Mom. »Du hast dich auf dem Gymnasium so gut entwickelt.«

»Das wundert mich nicht«, sagte der Großvater. »Ich sehe sie immer nur mit einem Buch vor der Nase.«

»Sie ist sehr fleißig, unser Celinchen«, sagte die Großmutter. »Und sie hat so nette Freunde gefunden. Du weißt ja bereits, dass wir Fiete kennen und sehr mögen, Anja.«

»Die Eltern haben wir übrigens gerade kennengelernt, Ilse«, sagte Mom. »Sehr nette Leute. Und beruflich überaus erfolgreich. Der Sohn kommt ganz nach ihnen.«

Aber sie lassen ihn ständig allein, dachte Celine.

Im Januar würde es Zeugnisse geben. Ihre Kurslehrer hatten ihr bereits mitgeteilt, dass sie die Erprobungsstufe bestanden hatte. Komisch, dachte Celine, dass ich mich gar nicht richtig darüber freuen kann. Ob das schlechte Gewissen wegen der Pillen daran schuld ist? Ohne die Pillen wären ihre Noten niemals so gut geworden.

»Klasse, dass alles so gut bei dir klappt«, sagte Carsten.

nichts ist wie es scheint
der schein blendet die augen
in der dunkelheit liegt die
wahrheit
die
niemand
sehen kann.

Gedicht von Celine Bohrmann

Mom und Carsten hatten den Großeltern einen teuren Wein aus dem Feinkostladen mitgebracht. Sie öffneten ihn zur Feier des Tages. »Ich muss aufpassen, dass mein Gaumen nicht zu sehr verwöhnt wird und am Ende keinen billigen Fusel mehr will«, sagte Carsten. Alle lachten. Sie tranken, aßen und waren so fröhlich, wie sie seit Dads Tod nicht mehr gewesen waren.

Spät am Abend fuhren Mom und Carsten mit Celine und dem Käfig, in dem Mister Jack saß, nach Hause. Celine wollte bis zum zweiten Weihnachtstag bei ihnen bleiben. Die Tage zwischen Weihnachten und Silvester würde sie bei den Großeltern verbringen, weil sie in dieser Zeit in

Ruhe für die Englischklausur lernen wollte, die nach den Weihnachtsferien geschrieben wurde. »Wir feiern Silvester zusammen bei Opa und Oma«, sagte Mom. »Mit einem Fondueessen, Gesellschaftsspielen und Fernsehen bis Mitternacht.« Wie früher, dachte Celine. Als Dad noch gelebt hat.

Am ersten Weihnachtstag gingen Mom, Carsten und Celine nachmittags zu Dads Grab. Es war kalt und sie froren trotz ihrer Handschuhe, Mützen und dicken Jacken.

Als sie vor dem Grab standen, das mit Tannenzweigen und Christbaumkugeln schön geschmückt war, dachte Celine an Dads Beerdigung zurück.

Es war im Hochsommer, an einem Mittwoch. Sie brauchte an diesem Tag nicht zur Schule zu gehen, aber sie hätte alles dafür gegeben, neben Tanni im Klassenzimmer zu sitzen, anstatt sich von Dad zu verabschieden. In der heißen Sonne waren die Blumen, die auf dem Sarg lagen, fast verwelkt. Die Männer, die Dads Sarg trugen, ließen ihn an Schlaufen in das ausgehobene Erdloch hinunter. Mom hatte gewollt, dass Dad einen Anzug anhat und kein weißes Totenhemd. Celine erinnerte sich an das Geräusch der Erde, die Mom mit einer Schaufel auf den Sarg geworfen hatte. Die Großeltern wischten sich mit ihren Taschentüchern die Tränen aus den Augen. Dann war Celine an der Reihe. Sie trat nahe an das Grab heran. Nein, sie wollte keine Erde auf den Sarg werfen. Ihr wurde schwindlig, als sie in das Loch sah.

Es kam ihr alles wie ein böser Traum vor. Sie fühlte sich wie Alice im Wunderland, die in einem Meer von Tränen schwamm und Angst hatte, darin zu ertrinken.

Celine kämpfte gegen die Gefühle an, die in ihr aufstiegen.

»Du hast durch den Tod deines Vaters ein Trauma erlitten«, hatte Frau Voss ihr während der Therapiestunden erklärt. »Das schlimme Erlebnis kann sich noch Jahre später so anfühlen, als wäre es gerade erst geschehen.« In der Therapie hatte Celine gelernt, wie sie damit umgehen konnte.

Tief in den Bauch hinein atmen.

Daran denken, dass es nicht jetzt geschieht, sondern lange vorbei ist.

Es ist drei Jahre her. Damals war Sommer. Jetzt ist Winter, dachte sie und sah auf den Grabstein, auf dem stand:

Ich bin immer bei euch. In euren Herzen.

Dad ist nicht verschwunden, dachte Celine und merkte, dass sie diese Vorstellung tröstete. Jedes Mal, wenn wir uns an ihn erinnern, lebt er weiter. Und ich werde nie aufhören, an ihn zu denken.

Mom legte ihre Hand auf Carstens Schulter. »Robert hätte gewollt, dass Celine und ich nicht allein sind«, sagte sie. »Dass es dich in unserem Leben gibt.«

»Ich bin nicht dein Vater«, sagte Carsten zu Celine. »Aber ich möchte für dich da sein.« Er blickte Mom an. »Für euch beide.« Dann blickte er wieder Celine an.

»Wenn du irgendwas auf dem Herzen hast, kannst du immer zu mir kommen. Auch mitten in der Nacht. Du kannst immer kommen, hörst du?«

»Das ist echt supi von dir, Carsten«, sagte Celine und dachte: Kummer und Sorgen habe ich genug. Die Pillen. Die geheimen Raves. So viele Dinge, die niemand wissen darf. Carsten schon gar nicht. Nicht, weil ich ihm nicht vertraue, sondern weil er es bestimmt Mom erzählt.

Trotzdem spürte sie, dass sich die Lücke, die durch Dads Tod in ihrer Familie entstanden war, geschlossen hatte. Carsten war nicht ihr Dad. Gut, dass er es endlich ausgesprochen hatte. Aber er war für Mom und Celine da. Sie waren nicht mehr allein. Die Großeltern mochten Carsten auch. Sie gehörten jetzt zusammen und waren wieder eine Familie.

*

»Deine Mutter hat ausgesagt, dass die Beziehung zwischen Herrn Simons und dir seit Weihnachten spürbar besser geworden war«, sagte Herr Brückner.

»Ja. Ich hatte mich richtig an Carsten gewöhnt. Er war sehr nett zu mir und ich konnte inzwischen auch verstehen, warum Mom sich in ihn verliebt hat.«

»Aber du hattest Angst, dass er von den illegalen Raves und den Pillen erfährt und deiner Mutter etwas sagt. Ist sie denn sehr streng?«, fragte Herr Brückner und machte sich Notizen.

»Mom versteht Spaß und wir lachen viel zusammen. Aber sie ist auch schnell besorgt um mich.« Celine machte eine Pause und sah Herrn Brückner an. »Von den Pillen und den geheimen Raves durfte sie auf keinen Fall etwas erfahren. Sie wäre sofort mit mir zu Sigbert gefahren und zur Schulleitung gegangen. Das volle Programm. Was, wenn dabei herausgekommen wäre, dass es Fiete war, der mir die Pillen verkauft hat?«

*

Silvester saßen sie gemeinsam bis Mitternacht um den großen Tisch im Wohnzimmer. Ein Fonduetopf stand in der Mitte, in dem Gemüsebrühe kochte. Auf einem Teller lagen kleine Fleischstücke und allerlei Gemüsesorten. Fleisch und Gemüse wurden auf Gabeln gespießt und in die Brühe gelegt. Dazu gab es Salat, Brot und verschiedene Soßen. Sie spielten Monopoly, bis das Feuerwerk die Nacht erhellte.

»Frohes neues Jahr, Werner und Ilse!«

»Wir wünschen euch auch alles Gute zum neuen Jahr!«

Während sie mit Saft und Sekt auf das neue Jahr anstießen, schloss Celine kurz die Augen und dachte: Mein größter Wunsch ist es, dass ich im neuen Jahr mit Fiete zusammenkomme.

Sie holte ihr Smartphone aus dem kleinen Rucksack, um Neujahrsgrüße per WhatsApp zu verschicken und zu lesen. Tanni hatte ihr geschrieben. *Best wishes for the new year, Celi* stand unter einem Foto, auf dem Tanni mit einem Jungen zu sehen war, der sie umarmte und küsste.

Ich bin mit Paul zusammen.

Celine starrte das Foto an. Tanni und Paul.

Seit wann hatte Tanni einen Freund? Sie hatte Celine nicht einmal erzählt, dass sie sich verliebt hatte. Und jetzt war sie mit Paul zusammen. Sie waren total verknallt. Das konnte man auf dem Foto sehen.

Mom stellte sich neben sie. »Von Tanni?«

Celine nickte. »Sie hat einen Freund, der Paul heißt.«

»Ja, ihre Mutter hat mir schon vor einiger Zeit erzählt, dass Tanni sich verliebt hat. Paul macht ebenfalls in der Firma eine Ausbildung. Er ist ein Jahr älter als sie.«

Wie Fiete, dachte Celine.

»Warum hast du mir nichts gesagt?«

»Das muss deine Besti schon selbst machen, Celi.«

Hat sie aber nicht, dachte Celine. Und meine Besti ist sie auch nicht mehr.

Paul und Tanni.

Wie konnte etwas, das für Celine so kompliziert war, für Tanni so einfach sein?

15.

Die Weihnachtsferien waren noch nicht vorüber und das neue Jahr hatte gerade erst begonnen, als Celines Handy klingelte.

»Hey, ich bin's! Fiete!«

Celines Herz begann wie wild zu klopfen und ihre Hände wurden vor Aufregung ganz feucht.

»Ich komm gleich zu dir. Ist o.k. für dich, oder?«

»Supi!«, sagte Celine. »Sas auch?«

»Die ist mit ihrer Family im Skiurlaub. Ich komm mit dem Rad. Meine Eltern bleiben noch zwei Wochen. Dann kann ich wieder das Auto nehmen.«

Er wollte zu ihr kommen. Ohne Sas.

Celine bekam vor Aufregung keine Luft mehr. Ihr Herz klopfte wie verrückt. Was, wenn er doch etwas gemerkt hatte und sie auf die Gedichte ansprach? So schnell sie konnte, zog sie sich den neuen Pullover und die Hose an. Sie band ihre Haare zu einem Pferdeschwanz zusammen und legte etwas Make-up auf. *er wird staunen wenn er die hose und den pulli sieht die er so super cool findet wenn ein mädchen so was anhat das hat er gesagt und damit will ich ihn überraschen*

Da klingelte es auch schon an der Haustür.

»He, klasse Wohnung!«, sagte Fiete und sah sich in der Einliegerwohnung um. »Wow, ein eigener Kühlschrank!«

Sein Blick fiel auf den Käfig von Mister Jack. »Dein Hase?«

»Ein Zwergkaninchen«, sagte Celine schnell. »Er heißt Mister Jack.«

Fiete öffnete den Käfig und steckte seine Hand hinein. Dann streichelte er Mister Jack, der ganz stillhielt.

»Toll, dass du ein Tier hast«, sagte Fiete und schloss den Käfig wieder.

»Hast du keine Haustiere?«, fragte Celine. Endlich hatte sie die Möglichkeit, etwas mehr über ihn zu erfahren.

Fiete zuckte die Achseln. »Meine Eltern wollen keine. Sie glauben, dass es an Ruth hängen bleibt.«

Mister Jack bleibt an niemandem hängen, dachte Celine. Ich sorge ganz allein für ihn. *fiete und ich sorgen gemeinsam für mister jack er gehört jetzt uns beiden fiete hat ihn auf dem arm jetzt hat er endlich das haustier das er sich schon so lange gewünscht hat*

Sie setzten sich nebeneinander auf das kleine Sofa.

Fiete hat noch kein Wort über die Hose und den Pulli gesagt, dachte Celine und blickte auf ihre Hände. Ob ich darin nicht gut aussehe? Vielleicht stehen mir die Sachen nicht. Aber immerhin ist er zu mir gekommen. Sie brachte vor Aufregung kein Wort heraus.

»Sas war sonst immer in den Weihnachtsferien da«, sagte Fiete und machte ein betrübtes Gesicht. »Sie hat im Stadtpark Pillen an meine Kunden verkauft.«

Fiete wirkt richtig niedergeschlagen, dachte Celine. Sie überlegte, wie sie ihn aufmuntern konnte, aber es fiel ihr so schnell nichts ein. »Kann das nicht warten, bis Sas wieder da ist?«, fragte sie.

»Nein, nein. Auf keinen Fall«, sagte Fiete und schüttelte den Kopf. »Die brauchen dringend die Pillen. So lange kann ich meine Kunden nicht hinhalten.«

»Und wenn ich das mache?«

»Das würdest du tun?«, fragte Fiete und sah mit einem Mal gar nicht mehr niedergeschlagen aus.

»Ja, klar«, sagte Celine. Für dich würde ich alles tun, dachte sie.

»Das … das … find ich echt mega von dir«, sagte Fiete und fügte schnell hinzu: »Du bekommst auch zwei Pillen umsonst.« Er legte den Arm um Celine. »Du bist wirklich die Beste«, sagte er und zog eine rote Strickmütze aus seinem Rucksack. »Hier. Für dich. Die ziehst du auf und setzt dich im Stadtpark auf die Bank neben dem großen Brunnen.«

Eigentlich ging Celine alles viel zu schnell. Besonders wohl fühlte sie sich bei der Sache nicht. Was, wenn sie mit den Pillen erwischt wurde? Sie drehte die rote Strickmütze in den Händen hin und her. Er hat den Arm um mich gelegt, dachte sie. Und er hat gesagt, dass ich die Beste bin. Ich will ihm zeigen, was er an mir hat und dass er sich auf mich verlassen kann.

»Also … zieh die Mütze die ganze Zeit nicht aus. Alle, die Pillen kaufen wollen, wissen Bescheid.«

Warum sollte ich bei der Knatterkälte die Mütze ausziehen?

Fiete holte mehrere kleine Plastikbeutel aus seinem Rucksack, in denen Pillen in unterschiedlichen Farben waren, die aussahen wie Comicfiguren. Celine erkannte Micky Maus, Batman und Hello Kitty. Wie bunte Bonbons für Kinder, dachte sie.

»Bleib von 15 bis 16 Uhr dort. Die Kunden nennen dir die Anzahl der Pillen, die sie haben wollen. Sie geben dir das Geld. Zähl nach und steck es ein, aber so unauffällig wie möglich. Damit niemand aufmerksam wird.«

Sas hat es bisher auch immer gemacht, dachte Celine. Und es ist nichts passiert. Sie wollte Fiete beweisen, dass sie es genauso gut konnte wie Sas. *ich mach das für ihn weil er meine hilfe braucht ich kann das genauso gut wie sas es kann sie hat es bisher immer gemacht hat fiete gesagt was ist denn schon dabei?*

Das war die Gelegenheit. »Alles klar. Ich mach es.«

»Du bist echt klasse, Celine«, sagte Fiete.

Als sie sein strahlendes Gesicht sah, waren alle Ängste wie weggeblasen.

*

»Fiete hat dich zum Dealen angestiftet. Dass das strafbar ist, brauche ich dir nicht zu erklären, oder?«

»Fiete und Sas haben ständig Pillen verkauft«, sagte Celine.

»Haben die beiden dir auch erzählt, wie gefährlich diese harmlos aussehenden Pillen werden können?«

Celine schüttelte den Kopf. »Ich hab sie ja auch genommen und es ist nichts Schlimmes passiert.« Im Gegenteil, dachte Celine. Ihre guten Noten hatte sie vor allem den Pillen zu verdanken.

»Ecstasy gilt ab 120 Milligramm MDMA als hoch dosiert. Es gibt Pillen, die die doppelte Menge enthalten. In einer viertel Pille kann derselbe Wirkstoff sein wie in einer halben Pille. Im letzten Jahr sind mehrere Jugendliche an einer Pille namens ›Blue Punisher‹ gestorben. Sie haben die Dosis gewaltig unterschätzt.«

»Fiete hat immer gesagt, dass Mikkis Pillen nicht gestreckt sind.«

»Ist das der Dealer aus den Niederlanden?«

»Ja.«

»Was hat Fiete sonst noch über diesen Mikki erzählt? Hat er dir auch mal den richtigen Namen oder den Nachnamen genannt?«

»Nein.«

*

Celine hatte eine grüne Pille geschluckt, um im Park so cool wie möglich zu bleiben. Die grünen Pillen machten sie ruhiger. »Es gibt für jedes Gefühl eine Pille«, hatte Fiete gesagt und Celine hatte gedacht: Nur für die Liebe nicht.

Sie setzte sich mit der roten Wollmütze auf dem Kopf auf die Bank neben dem Brunnen. Zwei Mädchen, die sie vom Schulhof kannte und die nicht älter waren als 10, liefen an ihr vorbei. Pillen wollen die bestimmt nicht kaufen, dachte Celine.

Nachdem sie zehn Minuten auf der Bank gesessen hatte und schon ziemlich durchgefroren war, setzte sich ein Mädchen, das mit seinen schwarzen Klamotten wie eine Raverin aussah, neben sie. Celine zuckte vor Schreck zusammen.

»Hey, hast du die Hausaufgaben für Mathe schon gemacht?«, fragte das Mädchen so laut, dass jeder es hören konnte.

Bloß nicht auffallen, dachte Celine.

»Was und wie viele?«, fragte sie.

»Hello Kitty. Zwei Stück.«

Celine kramte so unauffällig wie möglich in ihrem Rucksack. Sie holte die rosafarbenen Pillen heraus und gab sie dem Mädchen. »Zwanzig Euro.«

Das Mädchen zog einen Schein aus der Manteltasche und gab Celine das Geld. Dann steckte sie die Pillen ein und verließ den Park so schnell, wie sie gekommen war.

Plötzlich merkte Celine, dass Blut aus ihrer Nase tropfte. Sie legte den Kopf in den Nacken und hielt sich ein Taschentuch vors Gesicht. Musste das ausgerechnet jetzt passieren? In letzter Zeit passierte es öfter. Während sie versuchte, das Nasenbluten zu stoppen, setzte sich ein Junge neben sie.

»Hast du welche?«, fragte er.

»Ja«, nuschelte Celine und nahm das Taschentuch vom Gesicht. Es war rot vom Blut, aber das Nasenbluten hatte aufgehört.

»Passiert mir auch ständig«, sagte der Junge. »Das kommt von den blauen und grünen Pillen. Die hauen irgendwie richtig rein.«

»Die nehm ich auch«, sagte Celine. Sie merkte, wie stolz sie darauf war, zu Fietes Leuten zu gehören.

»Ist die andere nicht da?«, fragte der Junge.

Wahrscheinlich meint er Sas, dachte Celine.

»Die ist verreist.«

»O.k. Und wie heißt du?«

»Celine Bohrmann.«

Am liebsten hätte sie sich selbst dafür geohrfeigt. »Nenne niemals deinen Nachnamen«, hatte Fiete gesagt. »Egal, wer dich danach fragt. Der Vorname reicht.«

»Und du?«

»Jörn.«

Na, toll, dachte Celine. Ich weiß von ihm nur den Vornamen und er kennt meinen ganzen Namen, weil ich so unvorsichtig war.

»Welche? Wie viele?«, fragte sie schnell.

»Eine von den grünen.«

Ob er unruhig ist und nachts nicht schlafen kann?, überlegte Celine. Sie holte die grüne Pille aus der Plastiktüte und gab sie ihm. Jörn steckte sie in seinen Rucksack und gab Celine das Geld.

»Ist Fiete dein Freund?«, fragte er, während er seinen Rucksack nahm und sich zum Gehen wandte.

»Nein!«

Aber schön wär's, dachte sie.

Celine war eine Stunde noch nie so lang vorgekommen. Fietes Kunden kamen und gingen. Es war immer dasselbe: Pillen übergeben, Geld annehmen und aufpassen, dass niemand was merkt. Celine kannte einige Kunden vom Schulhof. Sie hätte nie gedacht, dass so viele Schüler und Schülerinnen, die auf das Theodor-Heuss-Gymnasium gingen, Pillen nahmen.

*

»Das Mädchen, das auf dem Rave gestorben ist, war Schülerin des Theodor-Heuss-Gymnasiums. Sie ging in die siebte Klasse«, sagte Herr Brückner.

»Ich weiß«, sagte Celine. »Es hat eine Gedenkminute in der Aula gegeben. Und ein Drogenberater ist in die Klassen 7 bis 9 gekommen. Mom hat mich gefragt, ob ich das Mädchen gekannt habe und ob auf dem Schulhof gedealt wird.«

»Und was hast du ihr gesagt?«

»Nein. Natürlich nicht.«

»Sie hatte das G, an dem sie gestorben ist, von Fiete bekommen«, sagte Herr Brückner.

*

»Das hast du super hinbekommen«, sagte Fiete, als Celine ihm das Geld und die restlichen Pillen überreichte. »Sas hätte das nicht besser gemacht. Klasse! Auf dich ist Verlass.«

Celine spürte, dass ihr Gesicht vor Freude ganz heiß wurde. *endlich konnte ich beweisen dass ich hinter ihm stehe jetzt wird es nicht mehr lange dauern und er merkt dass er sich auf mich genauso verlassen kann wie auf sas*

16.

Celine hatte die Erprobungsstufe mit einem Durchschnitt von 2,3 bestanden. Alle aus der Gruppe hatten bestanden. Fiete mit 2,1, Sas mit 2,0 und Bea und Mike sogar mit 1,9.

»Streber«, rief Fiete.

Bea und Mike lachten. Dann freuten sie sich alle gemeinsam darüber, dass sie zusammenbleiben und das Abitur machen konnten.

»Jetzt geht es mit schnellen Schritten aufs Abi zu«, sagte Mom.

»Klasse, es freut mich so sehr, dass du so gute Noten hast«, sagte Carsten und nahm Celine in den Arm.

So erleichtert wie ich bin, kann man gar nicht mehr sein, dachte sie. Auch wenn ich es vor allem den Pillen zu verdanken habe, dass meine Noten so gut sind. Mittlerweile brauchte sie mehr als eine Pille in der Woche. Es kam noch die halbe grüne Pille dazu, die sie nahm, wenn sie nervös war oder nicht schlafen konnte. Eine blaue Pille und eine halbe grüne Pille. Das machte 15 Euro in der Woche. Sie hatte schon 60 Euro von ihrem Weihnachtsgeld dafür ausgegeben.

Celine wusste von Sas, dass diese mehr als zwei ganze Pillen in der Woche nahm. Das machte über 80 Euro im

Monat. So viel Taschengeld bekam Sas bestimmt nicht. Woher hatte sie so viel Geld? Ob Fiete ihr die Pillen umsonst gab, weil sie im Orga-Team mithalf?

Wie gern hätte sie auch dort mitgearbeitet. Dann wäre sie Fiete noch näher gewesen. Ob sie ihn einfach mal danach fragen sollte? *fiete kann ich im orga-team mitmachen na klar kannst du das ich hab schon gedacht du fragst mich nie*

»Supi, dass es wieder losgeht«, sagte Mike. »Ich hab das Raven total vermisst.«

»Und ich erst«, sagte Sas.

»Wir holen dich ab, Celine«, sagte Fiete.

Celine dachte daran, wie schön es war, als Fiete sie in der Einliegerwohnung besucht hatte. Auch wenn es nur kurz war, weil er schnell wieder wegmusste. Er hatte den Arm um sie gelegt. Außer auf den Raves war sie ihm noch nie so nah gewesen. Und er mochte Mister Jack genauso gerne wie sie. Wann sie wohl das nächste Mal mit ihm alleine sein konnte?

Fiete und Celine.

Ohne Sas.

*

»Eigentlich wollte ich ja nie wieder raven«, sagte Celine.

»Warum hast du es dir anders überlegt?«, fragte Herr Brückner.

»Die anderen haben gesagt, dass es diesmal nur ein ganz kleiner Rave ist. Mit wenig Leuten. Das hörte sich toll an. Ich wollte unbedingt mit Fiete zusammen sein.«

*

Fiete machte ein ernstes Gesicht und ließ sein Smartphone rumgehen, damit Celine und die anderen den Artikel lesen konnten.

»Oh no! Sag, dass es nicht stimmt, Fieti!« Mike reichte das Smartphone an Sas weiter.

»Krass! Hört mal her, was hier steht«, sagte Sas und las den Artikel laut vor:

»Den Haag. In der Nähe der deutschen Grenze im Südosten der Niederlande ist ein riesiges Drogenlabor entdeckt worden, in dem Partydrogen hergestellt wurden, erklärte die Polizei am Freitag. Das Labor befand sich in einem Lagerhaus im belgisch-deutsch-niederländischen Grenzgebiet. Die Ermittler sind zufällig durch einen Kurier, der die Drogen in seinem PKW nach Deutschland schmuggeln wollte, auf das geheime Labor aufmerksam geworden, so die Auskunft der Polizei. Der Mann wurde vor Ort festgenommen. Weitere Festnahmen folgen in Kürze.«

»Mikki ist aufgeflogen«, sagte Fiete. »Die Bullen haben sein Labor entdeckt. Dieser Scheiß-Kurier. Konnte der nicht besser aufpassen? Das ist doch sonst auch gut gegangen.«

Alle starrten Fiete entgeistert an. Mikki. Der Dealer aus

den Niederlanden, der immer den saubersten Stoff hatte. Aufgeflogen.

Mike verzog das Gesicht, als würde er gleich anfangen zu weinen.

»Wo kriegen wir jetzt unser Zeug her?«, fragte Bea.

Fiete zuckte die Achseln.

Fiete hat seinen Job verloren, dachte Celine und spürte ein flaues Gefühl im Magen.

»Nur kein Stress. Mir fällt bestimmt was ein«, sagte Fiete. Aber es klang nicht sehr überzeugend.

*

»In den Niederlanden gibt es die meisten Drogenlabore«, sagte Herr Brückner. »Und es werden immer mehr. Sie verkaufen weltweit synthetische Drogen wie Ecstasy. Im letzten Jahr hat man 40 Labore gefunden und in diesem Jahr waren es 66.«

*

Celine brauchte unbedingt die Pillen. Das Abi stand auf dem Spiel. Oft lag sie die halbe Nacht wach, weil sie so unruhig war. Kein Wunder, dass sie beim Lernen ständig über ihren Büchern einschlief. Alles war nur noch Grau in Grau. Vor allem der Garten, in den sie durch das Fenster der Einliegerwohnung schaute, hatte seinen Zauber verloren. *kommt zurück elfen und feen und einhörner kommt zurück ihr kleinen zwerge was ist passiert wo seid ihr geblieben?*

Herr Frings runzelte die Stirn, während er Celine die Mathearbeit zurückgab. Sie spürte, dass ihr Herz schneller schlug und ihr Mund trocken wurde. Hoffentlich ist es keine 6, dachte sie und traute sich nicht, das Heft aufzuschlagen. Schließlich sah sie doch nach und war erleichtert, dass es eine 3- war. Fiete und Sas hatten eine 2- geschrieben. Bei den beiden klappt es auch ohne Pillen, dachte sie.

»Ach, halb so schlimm. Mathe ist doch nach der Erprobungsstufe bestimmt viel schwerer«, sagte Mom. »Dafür ist deine Note richtig gut.«

Celine atmete auf. Sie hatte sich Moms Reaktion auf die 3- schlimmer vorgestellt. Ob es an Carsten lag, dass ihre Mutter in letzter Zeit viel weniger streng war? Die Arbeit ist nicht schwerer gewesen als in der Erprobungsstufe, dachte sie. Ohne die Pillen war sie ständig müde. Aber das durften Mom, Carsten und die Großeltern auf keinen Fall wissen.

»Wir treffen uns am Samstag um 15 Uhr bei mir zu Hause«, sagte Fiete, als sie auf dem Schulhof standen. »Meine Eltern sind für acht Wochen nach Brasilien geflogen.«

»Da haben wir ja wieder sturmfreie Bude«, sagte Mike.

Fiete blickte Celine an. »Sas und ich holen dich um 14 Uhr 30 mit dem Auto ab.«

Auf dem Glastisch lag eine Tüte Chips, die Celine mitgebracht hatte. Mike hatte eine Flasche Wodka danebengestellt. Der Alkohol und die Techno-Musik, die Fiete auf volle Lautstärke gedreht hatte, brachte sie alle gut drauf. Aber Alkohol machte Celine nicht wach, sondern müde. Kaum hatte sie sich auf das Sofa gesetzt, um den anderen beim Tanzen zuzusehen, fielen ihr die Augen zu.

Sie schreckte hoch, als Fiete die Musik abstellte und mehrere bunte Tütchen auf den Glastisch legte. »Überraschung!«

»Was ist das?«, fragte Celine.

»Legal Highs«, sagte Fiete. »Das Zeug wirkt wie Drogen.«

Mike nahm ein Tütchen zwischen Daumen und Zeigefinger und hielt es hoch.

»Kräutermischung, Brazilgold … Big Party«, las er laut vor.

»Big Party. Geil, wir können wieder raven«, sagte Bea.

»Auf der Rückseite steht was!«, sagte Sas.

»Du gehst mit deiner Kräutermischung auf eine Reise, die dir ein warmes Gefühl gibt, die wundervoll riecht und die dich zufrieden macht. Probiere es einfach selber aus!«

»Und das ist nicht verboten?«, fragte Bea.

»Hab ich im Internet bestellt«, sagte Fiete. »Total easy!«

*

»Legal Highs sind Kräutermischungen, deren Wirkung so ähnlich ist wie Drogen«, sagte Herr Brückner. »Man kann sie in Onlineshops im Internet kaufen und schnell von der Verpackung, die so harmlos aussieht wie ein Bonbontütchen, getäuscht werden. Der Inhalt ist in Wirklichkeit sehr gefährlich. Legal Highs ahmen Drogen nach. Aber man weiß nicht, mit welchen Stoffen das geschieht und was tatsächlich in den Tütchen ist. Wenn jemand die Kräutermischung nicht verträgt und in die Notaufnahme kommt, kann er nicht sagen, was er genau genommen hat, und die Ärzte können ihm nicht helfen. Im letzten Jahr sind 98 Menschen an diesen angeblich legalen Kräutermischungen gestorben.«

Inzwischen hatte Celine verstanden, dass es keine ungefährlichen Drogen gab. Auch wenn sie noch so harmlos aussahen.

*

Mike öffnete das Tütchen und schüttete den Inhalt auf den Glastisch.

Sie rückten näher heran, um es sehen und riechen zu können.

Fiete holte einen leeren Aschenbecher aus der Küche und füllte die Kräutermischung hinein.

»Wir zünden die Kräuter an und atmen den Rauch ein. Das wird ein mega-geiler Trip«, sagte er.

Nach einer Weile breitete sich ein intensiver Geruch von

unterschiedlichen Gewürzen aus, die man miteinander vermischt hatte.

»Echt gut, Fiete«, sagte Mike.

»Fühlt sich an, als würde man schweben«, sagte Sas.

Plötzlich rutschte Bea vom Sofa. Ihr Gesicht war ganz blass.

»Alles o.k. mit dir?«, fragte Fiete.

»Mir ist schwindelig«, sagte Bea und stöhnte.

»Bea«, schrie Celine. »Bea, was hast du?«

Celine spürte, wie panische Angst in ihr aufstieg. Sie zitterte am ganzen Körper, während sie Bea half, sich wieder aufs Sofa zu setzen. Es gelang ihr nicht. Bea rutschte auf halbem Wege immer wieder ab. »Steh auf, Bea!«, schrie Celine. »Los! Sofort!«

Bilder schossen ihr durch den Kopf. *das mädchen tot auf dem rave noch so jung konnte keiner mehr helfen krankenwagen in der nacht an die autobahn gelegt tot mit 13 jahren gestorben*

»Was ist denn los?«, rief Fiete. Er stellte sich neben Celine und legte den Arm um sie. »He, ist doch nichts passiert, Babe. Bea geht's gut«, sagte Fiete mit seiner sanften Stimme, die Celine so an ihm mochte. »Sie ist halt voll drauf.«

Celine merkte, dass sie langsam ruhiger wurde. Alles gut, dachte sie, alles gut.

Die anderen brauchten nicht zu wissen, dass sie die Bilder von dem Mädchen, das auf dem Rave gestorben war, wieder vor sich gesehen hatte.

bilder einer nacht

der schock
wie gefrorenes eis
in der winternacht
die nicht enden
will.
und nicht mehr
gut zu machen
was
geschehen
ist.
ewiges eis
der
erinnerung.

Gedicht von Celine Bohrmann

17.

»Tanni kommt am Mittwoch um 15 Uhr mit Paul zum Kaffeetrinken vorbei«, sagte die Großmutter. »Sie hat gerade angerufen. Ist das nicht schön?«

»Ja, Omi!« Celine bemühte sich, ein fröhliches Gesicht zu machen.

Warum waren Tanni und Paul zusammen und sie und Fiete nicht? Sie liebte Fiete. Aber liebte er sie auch?

Tanni und Paul kamen pünktlich um drei. Sie hatten Blumen für Celines Großeltern und ein Geschenk für Celine mitgebracht.

Tanni umarmte Celine und küsste sie auf die Wange. »Nice to meet you, Celi. Das ist Paul.« Sie strahlte über das ganze Gesicht.

Celine erkannte den Jungen vom WhatsApp-Foto.

»Tannis Besti. Schön, dich kennenzulernen«, sagte Paul und umarmte Celine ebenfalls.

Tanni gab der Großmutter den Blumenstrauß. Sie bedankte sich und stellte ihn in eine Vase. Tanni und Paul zogen in der Diele ihre Mäntel aus. Dann gingen sie hinter Celine her ins Wohnzimmer.

»Na, erzählt doch mal, wo und wie ihr euch kennengelernt habt«, sagte die Großmutter.

Tanni und Paul sahen sich an und lachten.

»Erzähl du«, sagte Tanni.

»Nein du«, sagte Paul.

Sie kamen aus dem Lachen gar nicht mehr heraus.

Celine starrte auf ihren Kuchen. Kirschstreusel backen, das konnte niemand so gut wie Oma. Als Celine noch klein war, hatte sie nichts anderes essen wollen als Omas Kirschstreuselkuchen.

»Wir sind total schnell zusammengekommen«, sagte Tanni.

Schnell, dachte Celine. Wenn sie das von Fiete und sich nur auch behaupten könnte.

»Jetzt erzähl doch endlich weiter. Wir sind schon so gespannt«, sagte die Großmutter.

»O.k. …«, sagte Tanni. »Das war so … Ich hatte meinen ersten Tag in der Firma und bin im Kopierraum mit Paul zusammengestoßen. Er hatte einen riesigen Stapel mit Ordnern auf dem Arm und nichts mehr sehen können.«

»Ich geb es zu, ich hab sie umgerannt«, sagte Paul und brach in schallendes Gelächter aus.

»Du hast mich umgehauen«, sagte Tanni. »Celi, es hat sofort gefunkt zwischen uns. Paul ist einfach eine Wucht.«

»Was für eine Wahnsinnsfrau, hab ich gedacht. Die musst du kennenlernen«, sagte Paul und gab Tanni einen Kuss.

»Wie schön«, sagte die Großmutter.

»Der Kuchen ist einfach köstlich … wie war das eigentlich bei Ihnen und Ihrem Mann, Frau Bohrmann?«, fragte Tanni, während sie Sahne auf ihr Stück Kirschstreusel gab.

Die Großeltern sahen sich an.

»Ilse … ich wollte nur dich«, sagte der Großvater.

Tanni und Paul lachten.

»Kinder, ist das alles lange her. Man ging früher in die Tanzstunde«, sagte die Großmutter. »Das kennen die jungen Leute heute gar nicht mehr.«

Wir tanzen auch, dachte Celine. Aber das ist sicher nicht dasselbe wie zu Omis Zeiten.

»Ilse war meine Tanzpartnerin«, sagte der Großvater. »Sie ist mir zugeteilt worden.«

»Hat es gleich gefunkt zwischen Ihnen?«, fragte Paul, während die Großmutter ihm noch ein Stück von dem Kirschstreuselkuchen auf den Teller legte. Paul schien Omas Kuchen richtig gut zu schmecken.

Die Großmutter lachte. »Ja, Paul … wenn du es so nennen willst … es hat gefunkt.«

»Aber richtig«, sagte der Großvater. Wir haben von da an immer wieder miteinander getanzt und irgendwann waren wir ein Paar.«

»Bis heute«, sagte Celine.

»Wir sind jetzt 60 Jahre verheiratet«, sagte die Großmutter. »Und wir haben es nicht einen Tag bereut.«

»Wenn unsere Liebe so lange hält wie Ihre, Frau Bohrmann«, sagte Paul, »dann schweben Tanni und ich ein Leben lang auf Wolken.«

Es war nicht so, dass Celine Tanni und Paul ihr Glück nicht gegönnt hätte. Trotzdem wäre sie in diesem Moment am liebsten weinend aus dem Wohnzimmer gelaufen.

*

»Wie war das für dich, als deine beste Freundin dir ihren Freund vorgestellt hat?«, fragte Herr Brückner.

Celine blickte auf ihre Hände. »Ich war eifersüchtig«, sagte sie. »Und wie. Warum klappt das bei Tanni und Paul und bei Fiete und mir nicht, habe ich gedacht.«

»Hast du dich nie gewundert, dass Fiete keine Freundin hatte?«

»Nein, wieso sollte ich mich darüber wundern? Ich habe gedacht, dass er viel jobben und lernen muss und deshalb die Richtige noch nicht gefunden hat. Ich wollte unbedingt mit ihm zusammen sein. Aber da war auch noch Sas ...«

»Wie war die Beziehung zwischen Saskia Hoffmann und dir?«

»Am Anfang war Sas wie eine gute Freundin für mich. Später habe ich sie richtig gehasst.«

»Warum?«

»Sie war ständig mit Fiete zusammen. Ich hatte Angst, dass die beiden ein Paar werden.«

*

Celine saß an ihrem Schreibtisch und versuchte seit über zwei Stunden, für die Klausur in Biologie zu lernen. Aber sie konnte sich nicht konzentrieren. Immer wieder schweiften ihre Gedanken zu Tanni und Paul. Tanni, wie sie Paul geküsst und seine Hand gehalten hatte, Paul, der sich in Tanni verliebt hatte. Und das, nachdem er sie zum ersten

Mal gesehen hatte. Im Kopierraum. Sie versuchte, sich die Szene vorzustellen. Tanni sieht Paul. Paul sieht Tanni. Und schon sind sie verliebt.

Wann hatte Celine Fiete zum ersten Mal gesehen? Wie lange war das jetzt her? Das Kribbeln im Bauch, das seitdem nicht mehr aufgehört hatte. Celine blickte in den Garten hinaus. Der Schnee war geschmolzen. Langsam wurde es wärmer. Was konnte sie bloß machen, dass Fiete sich in sie verknallte? Es hatte doch bei Tanni und Paul auch geklappt.

»Was, wenn der Rave ausfällt?«, fragte Bea und blickte sich schnell nach allen Seiten auf dem Schulhof um.

»Fiete kann die Legal Highs verkaufen«, sagte Mike.

»Ach, Shit! Raver wollen richtige Ecstasy-Pillen haben«, sagte Sas.

»Wo kriegen wir die denn her?«, fragte Celine.

»Ich hab im Internet einen Typen gefunden, der Partydrogen herstellt«, sagte Fiete.

»Cool«, sagte Mike. »Dann können wir wieder raven.«

Celine hätte gerne gewusst, was mit Mikki passiert war. Ob er verhaftet worden war, nachdem die Polizei das Labor entdeckt hatte und im Gefängnis saß. Aber Fiete schien überhaupt nicht mehr an seinen ehemaligen Dealer zu denken. Dabei hatte er früher so oft von ihm gesprochen. Aus den Augen, aus dem Sinn, dachte sie.

»Mega-geil!«, sagte Bea. »Ich vermisse den Rave total.«

»Bald wummern die Bässe wieder«, sagte Sas.

»Pass aber gut auf, Fieti, dass du nicht erwischt wirst und der Dealer wieder auffliegt«, sagte Mike.

»Freut euch nicht zu früh, Leute«, sagte Fiete. »Die Sache hat einen Haken. Der Typ will mit mir ins Geschäft kommen. Aber er gibt mir die Drogen nur gegen Cash. So viel Kohle hab ich nicht.«

»Oh, no!«, rief Sas.

18.

Celine konnte an nichts anderes mehr denken als an Fiete, der dringend Geld brauchte.

»Und wenn wir versuchen, Geld aufzutreiben?«, fragte sie, als sie mit den anderen allein auf dem Schulhof stand, weil Fiete beim Zahnarzt war. »Ich bekomme im Monat 50 Euro Taschengeld.«

»Ich 60«, sagte Bea

»Ich auch«, sagte Mike.

»Ich bekomme 50 Euro und noch 20 von meiner Oma«, sagte Ben.

»Macht zusammen 240 Euro«, sagte Sas. »Der Dealer will aber 5.000 haben.«

Wie immer, dachte Celine. Sas weiß mal wieder über alles Bescheid. Warum hat Fiete mir und den anderen nichts davon gesagt? Warum immer nur Sas?

Celine stand seit einer halben Stunde in der Einliegerwohnung und betrachtete sich in dem großen Spiegel, der über der Kommode hing. Ob es an ihrem Aussehen lag, dass Fiete Sas lieber mochte als sie? Celine und Sas waren beide weder zu dick noch zu dünn. Sas war einen halben Kopf kleiner als Celine. Ihre Haare hatte sie rosa gefärbt. Ob ich das auch machen soll?, überlegte sie. Was wohl Mom, Carsten und die Großeltern dazu sagen würden, wenn ihre blonden Haare plötzlich rosa waren? An ihrer Größe konnte Celine nichts ändern. Sie war schließlich nicht Alice im Wunderland, die durch das Trink-mich-Fläschlein schrumpfen konnte. Ob Fiete Sas lieber mag, weil sie einen halben Kopf kleiner ist als ich? Unsinn, dachte Celine. Fiete vertraute Sas, weil er sie schon sein halbes Leben lang kannte. Celine wollte ihm beweisen, dass er ihr genauso vertrauen konnte.

*

»Mich hat es total verrückt gemacht, dass ich immer noch nicht wusste, ob Fiete mit mir zusammen sein wollte oder nicht.«

»Was sprach denn dafür, dass er dich liebt?«, fragte Herr Brückner.

»Er hat gesagt, dass er mich beschützen will. Auf den Raves hat er den Arm um mich gelegt. Und als er mit mir allein in der Einliegerwohnung war auch. Und er hat immer so freundlich mit mir gesprochen. Babe hat er zu mir gesagt.«

»Wie war das denn, wenn er mit Sas zusammen war?«

»Sie durfte im Orga-Team mitmachen. Sas wusste so viel mehr über Fiete als ich. In meinen Tagträumen hab ich mir oft vorgestellt, dass Sas plötzlich verschwunden ist und ich mit Fiete allein bin.«

*

Celine hatte eine 3- in Biologie und in Kunst eine 3. Sie brauchte unbedingt die Pillen, um nachts wieder wach bleiben und lernen zu können. Ständig fielen ihr vor Müdigkeit die Augen zu. Wenn sie nachmittags keinen Unterricht hatte, schlief sie nach dem Mittagessen ein und wachte erst Stunden später wieder auf.

»Das Abitur zu machen ist sehr anstrengend«, sagte die Großmutter, wenn Celine gähnend zum Abendessen erschien. »Kein Wunder, dass du so müde bist.«

»Zu meiner Zeit war es noch nicht so schwer«, sagte der Großvater. Er musste es wissen. Schließlich hatte er über 40 Jahre an einem Gymnasium unterrichtet.

»Heutzutage wird unglaublich viel verlangt. Du solltest dich an diesem Wochenende unbedingt mal so richtig erholen«, sagte die Großmutter. »Anja und Carsten freuen sich, wenn du zu ihnen kommst.«

Celine nickte. »Ja, Omi, das mach ich.«

»Es gibt was zu feiern, Celi. Aber richtig. Carsten hat ein Bild verkauft. Für 6.000 Euro«, sagte Mom, als Celine in der Diele den Mantel und ihre Schuhe auszog. »Der Käufer war heute Morgen hier. Ein Geschäftsmann, der sich für Kunst interessiert. Er hat in bar gezahlt und das Bild gleich mitgenommen.« Sie hielt einen blauen Umschlag hoch, in dem sich das Geld befand.

»Zum Glück gibt es Leute, die sich Kunst leisten können«, sagte Carsten, während Celine sich die Hausschuhe anzog.

»Bald braucht Carsten keinen privaten Kunstunterricht mehr zu geben und kann sich ganz aufs Malen konzentrieren. Er hat sich für ein Jahresstipendium in New York beworben. Ist das nicht großartig, Celi? Ich wünsche mir so sehr, dass er es bekommt.«

»Echt irre!«, sagte Celine, während sie hinter Mom her ins Wohnzimmer ging.

»Ausstellungen in New York, in angesagten Kunstgalerien überall auf der Welt«, sagte Mom.

»Schwärm du mal weiter, Anja!« Carsten lachte.

Mom legte den blauen Umschlag auf die Truhe, die neben dem Fernseher stand. »Du hast eine große Karriere vor dir, Schatz. Ich bin so stolz auf dich«, sagte sie und küsste Carsten. »Und glaub ja nicht, dass wir dich einfach so nach New York fliegen lassen. Celi und ich kommen natürlich mit.«

Wenigstens will Mom mich mitnehmen und lässt mich nicht allein, wie Fietes Eltern es machen, dachte Celine.

Celine stand vor der Kommode und starrte auf den blauen Umschlag.

6.000 Euro, dachte sie.

6.000. *fiete ich hab das geld für den dealer es kann weitergehen wir können wieder raven du hast deinen job wieder ja das ist einfach supi ich bin diejenige die helfen kann nicht sas und er weiß jetzt was er an mir hat vielleicht denken mom und carsten es war ein einbrecher*

In dem Moment kam Mom zu ihr und nahm den Umschlag von der Kommode. »Ich leg ihn am besten in den

Tresor«, sagte sie. »Carsten geht am Montagmorgen zur Bank und zahlt das Geld auf sein Konto ein.«

*

»Ich wollte das Geld klauen. Der Gedanke war plötzlich da.«

Herr Brückner machte sich eine Notiz in seine Akte.

»Hast du früher schon einmal gestohlen?«

»Nein. Noch nie. Mom hatte mir erzählt, dass 6.000 Euro in dem Umschlag sind. Mehr Geld, als der Dealer haben wollte. Ich hab mir vorgestellt, dass ich Fiete das Geld gebe und dass er zu mir sagt: »Wow, irre. Du bist echt die Beste, Celine.«

*

Celine fiel auf, dass Fiete in den Kursen immer stiller wurde. Er provozierte die Lehrer nicht mehr durch Zwischenrufe und dumme Antworten. Die meiste Zeit saß er regungslos auf seinem Platz und starrte aus dem Fenster. Wo war der coole Fiete geblieben?

Wenn ich nur wüsste, was ich tun kann, dachte Celine, als sie an diesem Nachmittag mit Fiete und Sas im Auto durch die Gegend fuhr.

»Shit, dass der Dealer so viel Kohle haben will«, sagte Sas. »Hat alles so gut gepasst. Wir hätten wieder raven können.«

Fiete antwortete nicht. Sie bogen in eine Seitenstraße ein und fuhren an einer großen Jugendstil-Villa vorbei, die von einer Hecke umgeben war.

Sieht aus wie bei Opa und Oma, dachte Celine.

Fiete blickte auf das Haus, dann auf seine Uhr und wieder auf das Haus.

»Ist da irgendwas?«, fragte Sas.

»Ach, nichts«, sagte Fiete schnell.

»Jetzt kannst du wieder ans Steuer«, sagte Fiete zu Celine, als sie ein Stück die Landstraße hinauffuhren. »Du hast echt Fortschritte gemacht.« *ich kann autofahren aber niemand darf es wissen es ist ein geheimnis das ich mit fiete habe und mit sas fiete lässt mich ans steuer und lobt mich dafür*

»Du fährst schon besser als ich«, sagte Sas.

Celine konnte sich zwar immer noch nicht daran gewöhnen, ohne Führerschein Auto zu fahren. Aber sie war auch stolz darauf, dass sie es inzwischen besser konnte als Sas. Das habe ich Fiete zu verdanken, dachte sie.

19.

»Ich fühl mich ohne die Treffen wie lebendig begraben«, sagte Bea. »Wann geht es endlich wieder los?«

»Fieti macht das schon«, meinte Mike.

Sas kam nahe an Celine heran und flüsterte ihr ins Ohr: »Mike glaubt bestimmt noch an den Weihnachtsmann.«

Celine lachte.

»Streng geheim, was?«, fragte Mike und grinste.

Sas streckte ihm die Zunge heraus.

»Mir geht es auch tierisch auf die Nerven, dass wir keine Treffen mehr haben«, sagte Bea.

Fiete hatte Celine und Sas um 15 Uhr zu sich eingeladen.

»Kommen die anderen auch?«, fragte Celine.

»Nur du und Sas«, sagte Fiete. »Ich muss was mit euch besprechen.«

»Ruth hat seit einer Woche Urlaub«, sagte Fiete, als sie bei ihm im Wohnzimmer saßen und aus den Lautsprechern Techno-Musik ertönte.

Man sieht es, dachte Celine. Verknüllte Kissen, verrutschte Teppiche, ein Schmierfilm auf dem Glastisch, überall Papierchen und im Mülleimer quoll der Abfall über. Auf den sonst so blanken Flächen lag Staub. Mit dem dreckigen Geschirr kann man die Spülmaschine bestimmt dreimal füllen, dachte sie, nachdem sie einem Blick in die Küche geworfen hatte.

Fiete stellte die Musik leiser. »Wir sind doch an der Villa vorbeigefahren …«

Sas nickte. »Cooler Schuppen.«

»Was ist denn damit?«, fragte Celine.

»Da wohnt ein Raver, dem ich Sachen geliehen hab. Aber er rückt sie nicht mehr raus.«

»Krass«, sagte Sas. »Kennen wir den?«

Fiete schüttelte den Kopf. »Seid froh. Der ist nämlich von der ganz besonders miesen Sorte.«

»Zeig ihn doch an«, sagte Celine. »Wenn die Sachen dir gehören.«

»No. Never. Der würde mich doch sofort bei den Bullen verpfeifen.«

Sas verzog das Gesicht.

»Wenn ich die Sachen zurückhätte, könnte ich den Dealer bezahlen«, sagte Fiete. Er blickte Celine und Sas mit betrübtem Gesicht an.

»Erzähl uns mehr darüber, Fiete«, sagte Sas.

»Okay!«

Celine und Sas rückten näher an ihn heran.

»Der Typ ist so alt wie Leo. Über 30. Er hat mich vor einem halben Jahr gefragt, ob ich ihm die Lichtanlage, die ich für unsere Treffen gekauft habe, leihen kann, ein Keyboard und ein Top-Mikro. Er wollte eine Technoparty im Garten feiern.«

Groß genug ist der Garten ja, überlegte Celine.

»Du bist viel zu nett, Fiete«, sagte Sas. Sie streckte die Beine aus und verschränkte die Arme hinter dem Kopf.

»Jedenfalls hab ich den Typ seitdem nicht mehr gesehen und meine Sachen auch nicht. Der Mistkerl geht nicht ans Telefon, reagiert nicht auf Mails und öffnet auch nicht die Tür.« *wenn mir jetzt etwas einfallen würde das uns hilft und ich weiß wie er an seine sachen kommt dann wäre alles gut und wir können wieder raven aber wie sollen wir das machen?*

»Vor einer Woche bin ich durch Zufall an der Villa vorbeigefahren und hab den Typ im Garten gesehen. Er hat mich erkannt und ist ins Haus gerannt.«

»Der rückt die Sachen freiwillig bestimmt nicht mehr raus«, sagte Sas. »Wenn er sie nicht schon längst verkauft hat.«

»Ich könnte mich ohrfeigen, weil ich auf den miesen Betrüger hereingefallen bin«, sagte Fiete.

»Irgendwie musst du die Sachen zurückbekommen«, sagte Sas. »Wir können ja schließlich nicht dort einbrechen.«

Fiete blickte Sas und Celine an. Er sah mit einem Mal wieder richtig fröhlich aus.

»Geniale Idee, Sas«, sagte er.

*

»Ja, es war Sas, die die Idee mit dem Einbruch hatte.«

»Und Fiete ist begeistert darauf eingegangen, stimmt's?«

Celine nickte. »Sas und ich hatten mittlerweile eine ziemliche Wut auf den Typen, der Fiete betrogen hat. Aber besonders wohl war mir bei dem Gedanken, in das Haus einzubrechen, nicht.«

»Ist euch die Geschichte, die Fiete erzählt hat, nicht komisch vorgekommen?«

»Nein. Wir haben ihm geglaubt.«

*

Celine stocherte in ihrem Essen herum, das die Großmutter gekocht hatte. Ihr Lieblingsessen, extra für sie. Aber ihr Magen war wie zugeschnürt.

»Wo bist du bloß wieder mit deinen Gedanken, Celi?«, fragte die Großmutter.

»Ich überlege, ob es eine Straftat ist, wenn man in ein fremdes Haus einbricht und seine eigenen Sachen stiehlt?«

»Ach, du meine Güte …«, sagte die Großmutter. »Was machen die Sachen von dem Einbrecher in dem fremden Haus?«

»Der Einbrecher hat dem Hausbesitzer die Sachen geliehen. Aber der rückt sie seit Wochen nicht mehr raus.«

Die Großmutter schüttelte den Kopf. »Ach, Kind, so was hab ich im Leben noch nie gehört«, sagte sie.

»Wir müssen herausfinden, wann jemand da ist und wann nicht«, sagte Celine.

»Ganz einfach«, sagte Fiete. »Wir fahren abends dort vorbei und schauen, ob Licht brennt.«

»Oder wir rufen mit dem Prepaid-Handy an und legen wieder auf, wenn jemand rangeht. Dann notieren wir uns die Uhrzeit. Ich hab die Nummer im Telefonbuch gefunden.«

Celine und Sas saßen erneut bei Fiete im Wohnzimmer. Die Wohnung blitzte vor Sauberkeit. Ruth ist wieder aus dem Urlaub zurück, dachte Celine.

»Also … Samstags, in der Zeit von 19 bis 21 Uhr, ist keiner da. Es brennt kein Licht und es geht niemand ans Telefon«, sagte Fiete.

Celine merkte, dass ihr Herz wie wild klopfte. Es kam ihr unwirklich vor, in ein fremdes Haus einzubrechen. Aber sie konnte Fiete und Sas nicht allein lassen. Außerdem sollte der miese Typ nicht ungeschoren davonkommen.

Da waren sich Sas, Celine und Fiete einig.

»Wenn wir jemals wieder raven wollen, brauchen wir das Geld«, sagte Fiete.

*

»Herr Sanders hat gar keinen Sohn, sondern eine Tochter. Fiete wollte in das Haus einbrechen, um Geld und

Wertsachen zu stehlen und nicht, um seine Sachen zurückzuholen. Herr Sanders, dem das Haus gehört, hat Fiete überhaupt nicht gekannt und Fiete hat nicht gewusst, dass Herr Sanders dort wohnt. Warum hast du mitgemacht?«

»Ich wollte Fiete beweisen, dass er sich auf mich genauso verlassen kann wie auf Sas.«

*

»Mike hat am Samstag Geburtstag. Er hat mich, Fiete und ein paar Freunde zu seiner Party eingeladen. Darf es später werden, Omi?«

»Du hast ja den Schlüssel«, sagte die Großmutter und der Großvater fügte hinzu: »Wir freuen uns doch darüber, dass du so guten Kontakt zu deinen Mitschülern gefunden hast. Außerdem wissen wir, dass auf Fiete Verlass ist.«

Celine merkte, wie sich ihr Magen zusammenzog. Es tat weh, zu spüren, wie sehr die Großeltern ihr vertrauten. Sie wollte das Vertrauen nicht enttäuschen.

Aber was soll ich sonst machen, dachte sie. Fiete. Ich tue das für ihn. Ich kann ihn nicht im Stich lassen. Was, wenn ihm etwas passiert und ich bin nicht da?

20.

»Sas und ich holen dich am Samstag um 19 Uhr 30 ab, Celine. Dann sind wir kurz vor 20 Uhr an der Villa«, sagte Fiete zu Celine und Sas, als sie die Treppe zum Schulhof hinuntergingen.

»Ist dann wirklich niemand da?«, fragte Sas.

»Keine Sorge«, sagte Fiete.

Seine Stimme klang so selbstbewusst und überzeugend, dass Celine alle Zweifel beiseiteschob. Sie erkannte den Fiete wieder, in den sie sich verliebt hatte. Den, der die Lehrer im Unterricht provozierte und vor nichts und niemandem Angst hatte. Sie war sich plötzlich ganz sicher, dass alles gut gehen würde. Fiete weiß, was er tut, dachte sie.

Die Villa und das Grundstück lagen um diese Uhrzeit fast vollständig im Dunkeln. Nirgendwo im Haus brannte Licht.

»Hab ich's doch gewusst. Alle ausgeflogen«, sagte Fiete leise, als sie an dem Haus vorbeifuhren. »Wir fahren zwei Straßen weiter und stellen das Auto dort ab. Sonst fallen wir am Ende noch irgendjemandem auf.«

Sie gingen nebeneinanderher die Straße hinunter. In den meisten Häusern, an denen sie vorbeikamen, brannte Licht. Sie bogen in eine Seitenstraße ein. In der Nähe der

Villa waren keine anderen Häuser. Das große Grundstück war von Wald umgeben.

*

»Fiete wollte, dass Sas und ich uns so auf dem Grundstück verteilen, dass wir das Haus von allen Seiten sehen können. Sas hinten, ich vorne. Wir sollten ihn auf dem Handy anrufen, wenn wir etwas Verdächtiges sehen. Was, wenn jemand Fietes Handy läuten hörte? Ich hatte kein gutes Gefühl dabei, so spät am Abend in einem fremden Garten herumzulaufen. Fiete hat mit einem Stein ein Kellerfenster eingeschlagen. Es klirrte, als ob gefrorenes Eis zerbrechen würde. Wir haben ein paar Minuten gewartet. Aber alles blieb dunkel. Dann ist Fiete durch das Kellerfenster gestiegen. Ich musste an meine Großeltern denken. »Das Haus ist einbruchssicher«, hatte mein Großvater gesagt. Was, wenn das fremde Haus auch gesichert war? Wenn plötzlich eine Alarmanlage losging?«

*

Celine setzte sich auf einen kleinen Mauervorsprung, sah sich nach allen Seiten um und wartete.

Sas kam zu ihr. »Das dauert ja ewig, boah!«, sagte sie. Auch Sas war supernervös.

»Geh besser zurück«, sagte Celine. »Sonst sehen wir nicht, ob jemand kommt.«

Sas nickte und lief wieder in den hinteren Teil des Gartens.

Celine ging im Garten umher. Sie war zu aufgeregt, um stillzusitzen. Es war kalt. Ihre Zähne klapperten. In einer Ecke war ein Goldfischteich. Die Fische waren um diese Jahreszeit noch in der Winterruhe.

Opi hat auch mal so einen Teich gehabt, dachte sie.

Da war Celine noch sehr klein und Mom hatte ständig Angst, sie könne in den Teich fallen, wenn sie bei Opa und Oma im Garten spielte. Mom. Sie war schon immer besorgt um sie gewesen. Schließlich hatte der Großvater die Fische an den Nachbarn verschenkt, den Teich trockengelegt, das Loch mit Erde aufgeschüttet und ein Blumenbeet angelegt, das es heute noch gab und das der Großvater »Fischblumen-Beet« nannte. Die Großeltern, Mom und Dad hätten sich niemals verziehen, wenn Celine etwas passiert wäre.

Plötzlich näherte sich ein weißer Mercedes. Einen kurzen Augenblick lang wurde Celine von den Scheinwerfern geblendet. Zum Glück konnte sie hinter der hohen Hecke niemand sehen. Der Mercedes fuhr die Straße entlang und hielt neben der Garage, die zu der Villa gehörte. Aus sicherer Entfernung beobachtete Celine, dass ein Mann ausstieg. Sie merkte, wie Panik sich in ihr breitmachte. Sie zog das Handy aus der Manteltasche und wählte Fietes Nummer. *Einmal klingeln lassen, zweimal klingeln lassen.* Aber Fiete hob nicht ab. Ob er den Anruf nicht bemerkt hatte? Sie legte auf und versuchte es gleich noch einmal.

Wieder ließ sie es zweimal klingeln. Aber Fiete ging nicht ran. So schnell sie konnte, lief sie zu Sas.

»Da ist jemand gekommen«, sagte sie. »Aber Fiete nimmt nicht ab.«

»Ich hab's auch schon versucht«, antwortete Sas und Celine merkte, dass ihre Stimme zitterte.

Der Mann stand jetzt vor der Haustür. Das Eingangslicht hatte sich automatisch eingeschaltet und Celine konnte erkennen, dass es ein älterer Mann war. Er wirkte ziemlich groß und kräftig. Vielleicht der Vater von dem miesen Typen, dachte sie und spürte ihr Herz bis zum Hals schlagen.

Das Eingangslicht war ausgegangen, nachdem der Mann das Haus betreten hatte. Jetzt brannte Licht in der unteren Etage.

Sas tippte hektisch Fietes Nummer. »Geh endlich ran, Fiete, geh ran«, sagte sie und kaute auf ihrer Unterlippe.

Aber Fiete meldete sich nicht.

Plötzlich hörten sie Schreie und ein Poltern im Haus.

»Los, wir müssen Fiete helfen«, sagte Celine leise. »Wir steigen durch das Kellerfenster rein.«

»Warum ist er nicht mehr rausgekommen?«, fragte Sas. Sie zitterte am ganzen Körper. »Ich hab eine Scheiß-Angst, Celi.«

Wieder hörten sie die Stimme des Mannes und Geschrei. Fiete. Es war Fietes Stimme.

»Schnell«, sagte Celine. Wir müssen ihm helfen.«

»Sorry. Aber ich mach da nicht mehr mit«, sagte Sas. Sie drehte sich um und lief davon.

»Sas! Sas, komm sofort zurück!«, zischte Celine. Aber da hatte Sas sich schon durch die Hecke gezwängt und war in der Dunkelheit verschwunden.

Panik machte sich in Celine breit. *fiete allein in der nacht ein fremder mann schreie gefahr hilfe ich muss ihm helfen sas ist weg einfach abgehauen da kann man mal sehen auf sas ist kein verlass aber auf mich ich muss sofort zu fiete*

*

»Warum bist du nicht auch abgehauen?«, wollte Herr Brückner wissen.

»Auf die Idee bin ich gar nicht gekommen. Fiete, ich musste zu ihm. An was anderes konnte ich überhaupt nicht mehr denken.«

Wäre ich bloß mit Sas weggelaufen, dachte sie. Dann wäre das alles nicht passiert.

*

Ausgerechnet Sas. Die Person, die Fiete wie kein anderer kannte und der er am meisten vertraut hatte. Celine war jetzt ganz allein für Fiete verantwortlich. Er brauchte sie so dringend, wie noch nie zuvor in seinem Leben. Alles hing jetzt von ihr ab.

*

»Hattest du Angst?«

»Natürlich. Und wie. Aber ich wollte Fiete nicht im Stich lassen. Ich war ja überzeugt davon, dass er in großer Gefahr schwebte.

*

Celine zwängte sich durch das Kellerfenster. Plötzlich schoss ihr ein scharfer Schmerz durch die rechte Hand. Sie hatte in eine Glasscherbe gegriffen.

Shit, jetzt blute ich auch noch, dachte sie. Aber es blieb keine Zeit, um sich darum zu kümmern. Die Kellertür stand offen. Sie ging mit wackligen Knien die Treppe hoch bis in den ersten Stock.

Celine hörte Geschrei.

Laute Stimmen.

Was passierte da gerade?

Celine ging weiter den Gang entlang, in die Richtung, aus der das Geschrei kam. Die Tür vor ihr war halb geöffnet – die Küche. Celine konnte hineinsehen. Der Mann stand mit dem Rücken zu ihr. Fiete stand vor dem Küchenschrank. Der Mann hielt ein Messer in der Hand. Fiete konnte ihm nicht ausweichen.

Celines Herz schlug wie verrückt. Was, wenn der Mann sich jetzt umdrehte und sie entdeckte? Aber der Mann hatte das Messer konzentriert auf Fiete gerichtet.

*

»Hat der Mann Fiete mit dem Messer bedroht?«, wollte Herr Brückner wissen.

»Ja.«

*

»Celine, hilf mir. Er killt mich«, schrie Fiete.

Der Mann drehte sich kurz um. Da stieß Fiete sein Knie in den Schritt des Mannes.

»Au, verflucht!« Der Mann krümmte sich und ließ dabei das Messer fallen.

Im selben Moment wollte Fiete sich an ihm vorbeizwängen. Es gelang ihm nicht. Der Mann richtete sich wieder auf und drängte ihn mit voller Wucht gegen den Küchenschrank. Er legte seine Hände um Fietes Hals und drückte zu.

Celine hob das Messer auf.

Sas war nicht da. Celine war allein. In einer fremden Küche, in einem fremden Haus, mit einem fremden Mann, der kräftiger war als Celine und Fiete zusammen.

Nein, Fiete, es ist kein Traum. Ich habe das rote Ballkleid an. Schau mal, ist es nicht wunderschön? Wir stehen wieder in dem riesigen Saal. Ein Kronleuchter hängt von der Decke und alles ist aus Marmor und Gold.

»Wir sind König und Königin für eine Nacht«, sagst du zu mir.

»Ja, ja, Fiete, das sind wir!«

Ich greife nach deiner Hand. »Komm, wir tanzen.«

Alles dreht sich immer schneller.

Es regnet rote Rosen von der Decke. Sie fallen auf mein rotes Kleid und auf dein weißes Hemd. Die Dornen tun weh. Blut tropft auf meine Schuhe. Ein weißes Hemd färbt sich rot.

Es ist kein Traum. Ich werde nicht aufwachen, wenn die Nacht zu Ende ist und der Morgen dämmert. Wir sind eins geworden, niemand wird dich von mir wegreißen, Fiete.

Fiete starrte Celine mit ausdruckslosem Blick und Blutspritzern im Gesicht an. Dann zwängte er sich an ihr und dem Mann vorbei und lief davon.

*

»Weißt du noch, wie oft du auf den Mann eingestochen hast?«

»Nein.«

*

21.

Aus dem Vernehmungsprotokoll von Anja Bohrmann:

Celine kam gegen 23 Uhr bei Carsten Simons und mir an. Als ich die Haustür öffnete, traf mich fast der Schlag. Meine Tochter war mit Blut beschmiert, im Gesicht, an den Händen, am Mantel und an den Schuhen … überall Blutflecke. Carsten und ich haben erst gedacht, dass Celine einen Unfall hatte, weil ihre rechte Hand einen tieferen Schnitt hatte und blutete.

»Was ist denn passiert, Celi?«, habe ich gefragt und sie in den Arm genommen. Ihre Lippen waren ganz blau und ihre Zähne klapperten.

»Sie hat einen Schock«, hat Carsten gesagt.

Ich habe Celine eine Wolldecke umgelegt und sie im Wohnzimmer auf die Couch gesetzt. Dann habe ich ihr einen Tee gemacht und den Erste-Hilfe-Koffer geholt, um die Hand zu verbinden. Der Schnitt war zum Glück nicht so tief, dass er genäht werden musste. Sonst wären wir mit Celine ins Krankenhaus gefahren. Gegen 23 Uhr 30 habe ich Celines Großeltern angerufen. Sie waren noch nicht ins Bett gegangen, weil sie ferngesehen haben. Ich wollte ihnen keinen Schreck einjagen. Deshalb habe ich nur gesagt: »Celine schläft diese Nacht bei uns. Macht euch keine Sorgen.«

Werner und Ilse waren beruhigt und haben nicht weiter nachgefragt.

Celine hat sich gewaschen und ihren Schlafanzug angezogen. Dann ist sie in ihr Zimmer gegangen und hat sich ins Bett gelegt.

»Ob sie vor ein Auto gelaufen ist?«, hat Carsten gefragt, als wir im Wohnzimmer saßen.

»Irgendwas muss passiert sein. Etwas Schlimmes. Eine Mutter spürt so etwas«, habe ich gesagt.

Carsten hat den Arm um mich gelegt und wir haben eine Weile nebeneinander auf dem Sofa gesessen und geschwiegen.

Irgendwann hat Carsten gesagt: »Vielleicht hat sie sich mit jemandem auf der Party gestritten.«

»Ich rufe morgen bei Saskias Eltern an«, habe ich geantwortet. Seit der Weihnachtslesung wusste ich, wie die Familie von Saskia mit Nachnamen hieß und wo sie wohnten. »Saskia ist ja auch auf der Party gewesen. Bestimmt weiß Frau Hoffmann mehr.«

Ich bin in der Nacht ein paarmal aufgestanden, um nach Celine zu sehen. Sie hat tief und fest geschlafen.

Celine ist am Sonntagvormittag im Bett geblieben und nur aufgestanden, um ins Badezimmer zu gehen. Irgendwann habe ich mich an die Bettkante gesetzt und gefragt: »Celi, was ist passiert? Willst du es mir nicht sagen?«

Sie hat an die Decke gestarrt und weiter geschwiegen. Es kam mir so vor, als ob sie mich gar nicht wahrnehmen würde.

Von Frau Hoffmann habe ich dann erfahren, dass Saskia bereits um 21 Uhr 30 zu Hause war. »Man kann dem Jungen ja nicht alles durchgehen lassen«, hat sie gesagt. »Er braucht Grenzen und die hat Saskia ihm gesetzt. Tut mir leid, dass Ihre Tochter da reingeraten ist, Frau Bohrmann. Liebe muss auch mal NEIN sagen. Das Wort kennt der Junge doch gar nicht. Er macht, was er will, und denkt sich ständig neue Lügenmärchen aus. Sie sehen ja, wohin das geführt hat.« Dann hat sie aufgelegt.

Grenzen … der Junge … Liebe, die Nein sagen muss Lügenmärchen … wo war Celine da hineingeraten? Und wer war mit dem Jungen gemeint?

Gegen 16 Uhr klingelte es an unserer Haustür. Zwei Polizeibeamte standen davor. Sie haben mir ihren Ausweis gezeigt und mich gefragt, ob ich Anja Bohrmann heiße und eine Tochter habe, die Celine heißt.

Carsten kam an die Tür und wollte wissen, was los ist.

»Sind Sie der Vater von Celine Bohrmann?«, hat einer der Polizeibeamten gefragt.
Carsten hat den Kopf geschüttelt und gesagt, dass er Carsten Simons heißt und mein Lebensgefährte ist. Ich habe den Polizeibeamten erklärt, dass Celines Vater vor drei Jahren gestorben ist.
»Wir müssen Ihre Tochter zur Vernehmung mit auf das Präsidium nehmen, Frau Bohrmann. Sie haben das Recht, bei der Vernehmung dabei zu sein.«
Nachdem Celine sich gewaschen und angezogen hatte, sind wir mit den Polizeibeamten auf die Wache gefahren. Man hat uns geraten, umgehend einen Strafverteidiger einzuschalten.
Ich bin aus allen Wolken gefallen, als ich hörte, dass Celine in dem dringenden Verdacht stand, einen Mann erstochen zu haben. Dann bin ich darüber aufgeklärt worden, dass in so einem Fall auch die Jugendgerichtshilfe und das Jugendamt eingeschaltet werden.«

Aus einem Zeitungsartikel vom 02. März:

Der bekannte Orchesterleiter Jochen Sanders (61) ist am vergangenen Samstag in seiner Villa am Ehrenberger Hügel tot aufgefunden worden. Seine Tochter Anne (35) wurde aufmerksam, weil der Vater zur verabredeten Zeit weder übers Telefon noch über sein Handy erreichbar war. Sie fuhr zur Villa und fand ihn in einer Blutlache liegend in der Küche vor.
Erste Ermittlungen der Mordkommission ergaben, dass Jochen Sanders Opfer eines Gewaltverbrechens geworden ist. Die Täter sind durch ein eingeschlagenes Kellerfenster in die Villa eingedrungen.
Ein Nachbar gab zu Protokoll, er habe gegen 21 Uhr ein Mädchen gesehen, das sich hastig vom Tatort entfernt habe. Er konnte nähere Angaben zu diesem Mädchen machen, sodass die Kriminalpolizei noch am Sonntagnachmittag die Hauptverdächtige, eine 16-jährige Oberstufenschülerin, festnehmen konnte. Sie wird dem Haftrichter vorgeführt. Die Untersuchungshaft wird angeordnet.

Liebe Tanni,

ich war total in ihn verknallt. Sicher fragst du jetzt, warum ich dir das noch nie geschrieben habe. Du hast ja so recht, Tanni. Aber du kannst nicht verstehen, wie das ist, wenn man in jemanden total verknallt ist, und er nichts davon merkt. Ich hab mich einfach nicht getraut, es ihm zu sagen. Du und Paul, ihr wisst, was Liebe ist. Richtige Liebe. Bei euch beiden hat es sofort gefunkt. Ich hab mir gewünscht, dass er merkt, wie verliebt ich in ihn bin. Aber er hat so getan, als würde er nichts merken und mich total ausgenutzt. Das weiß ich heute. Aber heute ist es zu spät. Ich wollte ihm beweisen, dass er sich auf mich verlassen kann. Er sollte merken, was er an mir hat. Ich habe gedacht, dass wir dasselbe füreinander empfinden. Aber das war nicht so.

Ich würde alles tun, um das, was passiert ist, wieder rückgängig zu machen. Aber es geht nicht. Der Mann ist tot, Tanni. Es tut mir so leid.

Deine Besti
Celine

Aus dem Bericht des Kriminaldauerdienstes:

Das Team des KDD traf am Sonntag um 12 Uhr 30, am Tatort ein. Die Tochter des Opfers, hatte die Kriminalpolizei alarmiert, nachdem sie ihren Vater tot in der Küche aufgefunden hatte. Herr Sanders lag auf dem Bauch in einer Blutlache.
Im Keller wurde eine zerbrochene Scheibe entdeckt, was auf einen Einbruch hindeutete. Im Keller und im ersten Stock des Hauses wurden Blutspuren sichergestellt. Es ist davon auszugehen, dass sich eine:r der Täter:innen beim Einstieg in das Haus verletzt hat. Die Tatwaffe wurde neben der Küchentür gefunden. Es handelt sich um ein Küchenmesser mit einer 17 cm langen Klinge, an dem Blutspuren des Opfers und Fingerabdrücke des:r Täters:in gefunden wurden. Auf dem Küchenboden lag zerbrochenes Geschirr, mehrere Stühle waren umgefallen, der Esstisch war ein großes Stück zur Seite geschoben. Offenbar hat zwischen Herrn Sanders und dem Einbrecher:in ein Kampf stattgefunden.
Sowohl im Keller als auch am Tatort wurden Fingerabdrücke von zwei Personen sichergestellt, die nicht vom Opfer und seinem näheren Umfeld stammen. Auch fanden sich Schuhabdrücke von drei fremden Personen im Garten. Im Haus wurden nur Schuhabdrücke von zwei fremden Personen

gefunden, was den Schluss zulässt, dass die dritte Person sich zur Tatzeit nicht im Haus befunden hat. Die Überwachungskamera über der Haustür hat aufgezeichnet, dass Herr Sanders um 20 Uhr 45 von einer Konzertprobe nach Hause gekommen ist. Er muss den oder die Einbrecher:innen in der Küche überrascht haben. Der Notarzt, Herr Dr. med. Weigel, konnte nur noch den Tod des Herrn Sanders feststellen. Als Todesursache gab Herr Dr. med. Weigel ein Gewaltverbrechen an. Die Staatsanwaltschaft hat eine Obduktion angeordnet und die Kriminalpolizei mit weiteren Ermittlungen beauftragt.

Was ist Liebe?

Was ist Liebe
Oh Baby, verletz mich nicht
Verletz mich nicht noch mehr
Oh Baby, verletz mich nicht
Verletz mich nicht noch mehr

Oh, ich weiß nicht, warum du nicht da bist
Ich gebe dir meine Liebe, aber du schützt sie nicht
So, was ist richtig, was ist falsch
Geb mir ein Zeichen

Was ist Liebe
Oh Baby, verletz mich nicht
Verletz mich nicht noch mehr
Was ist Liebe
Oh Baby, verletz mich nicht
Verletz mich nicht noch mehr

(Baby don't hurt me, von David Guetta,
deutsche Übersetzung).

Nachwort

Herzlichen Dank an Gerd Meister, Strafverteidiger

Gerd Meister ist seit über 30 Jahren Strafverteidiger in einer großen deutschen Strafrechtskanzlei mit Sitz in Mönchengladbach. Er verteidigt Erwachsene, aber auch Jugendliche und Heranwachsende, deren Taten nach Jugendrecht zu beurteilen sind, in unzähligen Kapitalstrafsachen.

Die 16-jährige Celine aus dem vorliegenden Roman würde als Jugendliche nach dem Jugendgerichtsgesetz behandelt werden, das als höchstmögliche Strafe – z.B. für einen Mord – eine Jugendstrafe von 10 Jahren vorsieht.

Wenn man Herrn Sanders unterstellt, er habe Fiete erwürgen wollen, Celine habe dies erkannt bzw. sei von einer Todesgefahr für Fiete ausgegangen, müsste Celine vom Tatvorwurf eines Tötungsdelikts freigesprochen werden. Sie hat in diesem Fall von einem Notwehrrecht, das ihr zusteht, Gebrauch gemacht und in Notwehr gehandelt.

Herr Sanders durfte sich zwar gegen die Einbrecher im Rahmen von Notwehr auch körperlich zur Wehr setzen, aber zum Zeitpunkt der Tat bestand für ihn ein solches Notwehrrecht nicht mehr. Er hatte Fiete bereits unter Kontrolle und es gab keine Notwendigkeit mehr, diesen weiter zu würgen. Das Würgen war somit rechtswidrig und begründete damit umgekehrt ein Notwehrrecht für Fiete bzw. Celine. Im Rahmen dieses Notwehrrechts durfte Celine mit dem Messer zustechen und dabei gegebenenfalls auch den Tod des Herrn Sanders in Kauf nehmen.

Diese Gesetzgebung wird dazu führen, dass Celine aus der Untersuchungshaft entlassen und für ihr Handeln nicht bestraft wird.

Anhang

Adam

»Ecstasy« wird u. a. auch als »Adam« bezeichnet.

Drug-Checking

Am 23. Juni 2023 hat der Deutsche Bundestag die Grundlage zum sogenannten *Drug-Checking* geschaffen. Dieses Projekt, das in Berlin gestartet ist, soll bald auch in anderen Bundesländern eingerichtet werden. In den Niederlanden, Österreich, Frankreich und in der Schweiz gibt es Drug-Checking bereits. Pillen und illegale Drogen können dort auf Inhaltsstoffe getestet werden, bevor man sie konsumiert. In der Regel dauert so eine Untersuchung 30 bis 60 Minuten.

Warum sollte man seine Drogen testen lassen?

Wer Drogen nimmt, weiß in der Regel nicht, welche Wirkstoffe darin enthalten sind. An *Drug-Checking-Stationen* kann man seine Drogen untersuchen lassen. Auf diesem Wege erfährt man, wie hoch die Dosierung ist und ob giftige Streckmittel enthalten sind. Gefährliche Drogen können rechtzeitig erkannt werden. Drug-Checking kann Menschen, die Drogen nehmen, das Leben retten!

Ecstasy

Ecstasy ist vor allem als Partydroge (Technoparty) bekannt geworden, da es eine aufputschende Wirkung hat und die Müdigkeit vertreibt. In Ecstasy ist vor allem MDMA enthalten. Deshalb wird Ecstasy auch oft so genannt. Es wurden aber auch schon andere Stoffe in Ecstasy-Pillen gefunden. Ein anderer Name für Ecstasy ist XTC, Eve oder Emma.

Ecstasy bekommt man in der Regel in Tablettenform. Die Pillen sind in unterschiedlichen Farben und Formen erhältlich. Oft sehen sie wie Comic-Figuren aus oder sind mit Emojis versehen. Wer denkt schon an die Gefahren, die von der Pille ausgehen können, wenn diese so harmlos aussehen wie Bonbons? In Wirklichkeit weiß nur der Hersteller, was genau in den Pillen enthalten ist. *Drug-Checking* ist eine Möglichkeit, die Pillen überprüfen zu lassen, bevor man sie einnimmt.

Aber auch die Nebenwirkungen, die Ecstasy-Pillen haben, können Schaden verursachen. Wer Ecstasy nimmt, erkennt nicht mehr rechtzeitig, ob er Hunger oder Durst hat, erschöpft ist oder Schmerzen hat. Der Körper sendet unter dem Einfluss von Ecstasy keine Warnsignale mehr. Im schlimmsten Fall kann das dazu führen, dass die Person zusammenbricht und verstirbt.

Wie wirkt Ecstasy?

Die Wirkung der Pille tritt in der Regel 20 bis 80 Minuten nach der Einnahme ein. Wer Ecstasy genommen hat, fühlt sich glücklich und entspannt und könnte die ganze Welt umarmen. Die Droge lenkt zunächst einmal von den eigenen Problemen und denen der anderen Menschen ab. Auch traut man sich Dinge zu, die man ohne Ecstasy niemals machen würde. Vor allem in der Techno-Szene ist die aufputschende Wirkung beliebt, die die Raver die ganze Nacht durchtanzen lässt.

Was macht Ecstasy so gefährlich?
Die größte Gefahr besteht darin, dass man nicht genau weiß, welche Wirkstoffe und in welcher Dosierung in diesen Pillen enthalten sind.

EDM
Electronic Dance Musik

G/GHB
GHB wird abgekürzt G genannt und ist eine Partydroge, die ähnlich wirkt wie Alkohol. Die Wirkung tritt nach ca. 10 bis 30 Minuten ein und kann bis zu drei Stunden anhalten.

Der Stoff GHB sorgt für einen Glücksrausch. Doch die Gefahr ist sehr groß. Die Droge muss auf den Milliliter genau dosiert werden. Zu viel kann tödlich sein.

Eine Vorstufe von GHB ist GBL. Es ist frei erhältlich z. B. als Graffitientferner. Im Körper wird GBL zu GHB. Die Gefühle sind ähnlich wie bei Alkohol und halten eine Stunde an.

G ist sehr billig, ein Liter kostet um die 100 Euro. Für einen Rausch braucht man nur 1,2 Milliliter.

Auf G kann man »abschmieren«, wie es im Szenejargon heißt: Bewusstlosigkeit bis hin zum Tod. Nur wenige Tropfen zu viel. Die richtige Dosis ist von Körpergröße und Gewicht abhängig. G ist sehr gefährlich.

Im Club ist diese Droge verboten, dort wird eine »Zero-Tolerance-Politik« gefahren. Wer mit G erwischt wird, bekommt Hausverbot. G ist deshalb so hochgradig gefährlich, weil die Überdosierung oft eine Sache von einem einzigen Tropfen ist. Die Nutzer haben Fläschchen mit Pipetten dabei. Die Clubbetreiber wissen um diese Gefahr. Noch gefährlicher ist es, wenn vorher Alkohol getrunken wurde.

Die Industriechemikalie, aus der G hergestellt wird, kann man in jedem Baumarkt kaufen. In der Szene heißt es »Ab zum Baumarkt statt zum Dealer«. Besonders beliebt ist G bei Techno-Fans.

Illegaler Rave

Ein Rave ist eine Techno-Veranstaltung, die an verschiedenen Orten stattfinden kann, wie verlassenen Gebäuden, Lagerhäusern, Bunkern oder im Freien. Es wird bis in die frühen Morgenstunden zu Techno-Musik getanzt. Wenn die Veranstaltung nicht angemeldet ist, wird sie ›illegaler Rave‹ genannt.

Jugendgerichtshilfe

Die Jugendgerichtshilfe im Strafverfahren klärt Jugendliche darüber auf, was in einem Gerichtsverfahren auf sie zukommen kann. Die dort tätigen Fachleute wissen, welche Möglichkeiten es gibt, den Jugendlichen zu unterstützen. Auch wenn persönliche Schwierigkeiten durch das Strafverfahren entstanden sind und die Zukunft des Jugendlichen gefährdet ist, kann die Jugendgerichtshilfe ein wichtiger Kontakt sein.

Die Beratung ist kostenlos und wird den Jugendlichen und ihren Familien angeboten. Sie soll diese während des gesamten Gerichtsverfahrens betreuen.

MDMA

Wirkstoff in Ecstasy

Tomorrowland

Tomorrowland ist das größte und bekannteste Elektro-Festival der Welt. Das Mindestalter für Tomorrowland ist 18 Jahre.

Untersuchungshaft

Im Jugendstrafrecht wird die Untersuchungshaft nur in Ausnahmefällen angeordnet, da eine solche Maßnahme eine erhebliche Belastung für den Jugendlichen und sein weiteres Leben darstellt. Eine Unterbringung ist eine Möglichkeit, um die Untersuchungshaft zu vermeiden.

Wenden die Behörden im Jugendstrafverfahren das Mittel der Untersuchungshaft an, ist das für die Betroffenen ein Schock. Es ist ein tiefer Einschnitt in ihr Leben.

Adressen und Links

www.drug-infopool.de

eve&rave Münster e.V. – Drogenprävention und Technokultur
www.eve-rave.org

Sucht & Drogen Hotline: 01806/313031
www.drogenhilfe.eu

www.perspektive-suchtfragen.de

Informationen zur Suchtvorbeugung
Bundeszentrale für gesundheitliche Aufklärung
Telefon: 0221/892031
www.bzga.de

Deutsche Hauptstelle für Suchtfragen e.V.
www.dhs.de

www.gesundheit.gv.at

www.sucht-drogen-hilfe.wien

www.infodrog.ch

www.safezone.ch

Danksagung

Ich möchte mich an dieser Stelle beim Team der Thienemann Verlage dafür bedanken, dass ich dieses Buch schreiben durfte. Die Zusammenarbeit mit meiner Lektorin Sandra Rothmund hat großen Spaß gemacht. Ich denke oft an den sonnigen Tag, an dem wir uns in Düsseldorf zum Mittagessen getroffen haben. Vielen Dank für dein Engagement und die Unterstützung, liebe Sandra.

Mein Dank gilt vor allem meiner langjährigen Autorengruppe, die viel Zeit und Mühe in dieses Projekt investiert hat:

Der Autorin Sabine Kruber, die nicht müde wurde, das Manuskript zu lesen und wichtige Tipps zu geben. Sabine, ganz herzlichen Dank für alles.

Utz-Rüdiger Kaufmann und Christian Fleischhauer – vielen Dank fürs Lektorat, Korrektorat, Tipps und Anmerkungen und, und, und …

Sabine, Christian, Utz, was täte ich ohne euch?

Mein ganz besonderer Dank gilt dem Strafverteidiger Gerd Meister. Er ist der Herr Brückner aus diesem Buch. Vielen Dank, Gerd, dass du mich kompetent mit deinem großen Fachwissen und deiner Zeit unterstützt hast.

Ohne euch alle würde es dieses Buch nicht geben.

Vielen, vielen DANK dafür!

Ein mörderischer Stoff, inspiriert von einem echten Fall

Ruth Stiller
Almost True Crime 1: Wer nicht liebt, muss sterben
240 Seiten · Softcover
ISBN 978-3-522-20291-6

Als Maja, still und am liebsten unsichtbar, auf Jessie, laut und unerschrocken, trifft, ist nichts mehr wie zuvor. Denn Jessie hat Majas Zeichentalent erkannt und verschafft der 16-Jährigen Anerkennung in ihrer Sprayercrew. Nach einer Nacht- und Nebelaktion küssen sich die beiden und sind von nun an unzertrennlich. Und doch wird die Liebe in einer Katastrophe enden …

Lieblingsbücher fürs Leben.
www.thienemann.de

Ein weiterer spannender Fall mit psychologischem Tiefgang

Ruth Stiller

Almost True Crime 2: Solange du atmest, kann ich nicht leben

304 Seiten · Softcover
ISBN 978-3-522-20295-4

Jonas kann einfach mit allen und was er anpackt, gelingt. Adrian dagegen steht im Schatten seines kleinen Bruders. Doch dann entdeckt er das Boxen für sich, er hat Talent, und endlich was Eigenes gefunden, hier gibt's keinen Jonas, der ihn überflügelt. Oder versaut der Kleine ihm auch jetzt wieder alles?

Lieblingsbücher fürs Leben.
www.thienemann.de